"江先生，我有个愿望。"

"什么？"

"就站在这里，你亲我一下。"

有爱的青春陪伴者

江学长，请回答

靳山 著
JINSHAN ZHU

Jiang
Xuezhang,
Qing
Huida

百花洲文艺出版社
BAIHUAZHOU LITERATURE AND ART PRESS

图书在版编目（CIP）数据

江学长，请回答 / 靳山著. — 南昌：百花洲文艺
出版社，2019.8
ISBN 978-7-5500-3305-4

Ⅰ.①江… Ⅱ.①靳… Ⅲ.①言情小说－中国－当代
Ⅳ.①I247.5

中国版本图书馆CIP数据核字(2019)第139552号

江学长，请回答

靳山 著

责任编辑　余丽丽
特约编辑　廖　妍
装帧设计　刘　艳
内页设计　西　楼
封面绘制　扎小扎
出 版 者　百花洲文艺出版社
社　　址　江西省南昌市红谷滩世贸路898号博能中心A座20楼　邮编：330038
电　　话　0791-86895108（发行热线）　0791-86894790（编辑热线）
网　　址　http://www.bhzwy.com
E－mail　bhzwy0791@163.com
经　　销　全国新华书店
印　　刷　长沙鸿发印务实业有限公司（长沙黄花工业园三号　邮编410137）
开　　本　880mm×1200mm　1/32
印　　张　8.5
字　　数　153千字
版　　次　2019年8月第1版
印　　次　2019年8月第1次印刷
书　　号　ISBN 978-7-5500-3305-4
定　　价　36.80元

赣版权登字：05-2019-156

目 录
contents

第一章
>>> 所爱隔山海 /001

第二章
>>> 你不知晓的暗恋 /022

第三章
>>> 再靠近一点点 /048

第四章
>>> 今生慢慢等 /076

第五章
>>> 我有一腔孤勇 /101

第六章
>>> 爱有所依 /123

目 录

contents

第七章

>>> 再撞一遍南墙 /165

第八章

>>> 致深爱的你 /204

番外一

>>> 日常二三事 /250

番外二

>>> 毕业记 /261

后 记 /265

第一章
Chapter One

/ 所爱隔山海 /

01

这天晚饭吃得早，是幼清下的厨，煮了两碗番茄鲜虾面。舅舅霍斌直夸她手艺好。两人酒足饭饱，坐在小庭院里有一句没一句地瞎唠嗑。

舅舅问她过得好不好。

幼清揉了揉有些撑的肚子，往后仰躺在老摇椅上笑了笑，说很好。

小辈总不好叫长辈担心，从来都是报喜不报忧。她敷衍了两句，把这话题就此揭过不谈。

天还没黑，只是昏暗。

外边在下雨，升腾的雨雾和混沌的天色让眼前的世界变成一团模糊。不远处的一丛苍翠树林像静蠹在水中的岛屿，燕子低飞，被打湿翅膀。

倾斜的雨丝时不时从檐下飘进来，飘在幼清的脸上，带着凉意。

聊着聊着，霍斌不由得问出了口："还有啊，你跟江家那小子……"只是话到嘴边，又憋了回去，不知道该怎么问下去。

幼清正低头回复陶艺店店长的微信，手指一顿，装作没听见霍斌欲言又止的那几个字，没有出声。

店长在问：幼清，明天我有点事，你能过来帮我看一天店吗？

幼清回：不好意思啊，店长，我回上锦镇舅舅家了，现在人不在麟城。

店长：那没事，我再想想别的办法。

霍斌见幼清没反应，也不好继续打听。

对面的小径上来了人，是附近的邻居送了自家种的小菜过来。霍斌收了对方的菜，总要回点什么，不好占人便宜。要么拿两串香蕉葡萄，或者装些饼干糖果给人家小孩。

霍斌是麟城本地人，几年前来上锦镇选址，开了一家合金厂。合金厂的工作强度大，上锦镇当地的居民大多吃不了这个苦，霍斌只好聘了一批从贫苦地方出来打工的外乡人。随着合金厂越办越好，赚得越来越多，当地的某些心术不正的人眼红了，开始背地里使绊子。

有举报合金厂噪音扰民的，有造谣合金厂克扣工人工资的，已经来闹过两次。

霍斌也被那几个地头蛇烦得头疼，却拿他们没办法，终究是在他们的地盘上办厂做生意，能忍则忍。上个星期，仁青年过来跟他借钱，一开口就是十万。这钱倘若借出去，不知何时能还，会不会还，十万块等同于打水漂，霍斌自然不肯。

但霍斌心里老觉得不踏实。

再过了会儿，他嘱咐幼清早点睡，自己回了房间。

当天夜里，幼清是被屋外发出的动静给吵醒的。

她睡意全无，慌忙下床穿着拖鞋就往外跑，还不明状况。只见霍斌火急火燎地抄起手电筒跑着出了门，朝合金厂的方向赶。

幼清明白定是出了什么事，放心不下，跟了上去。

合金厂离霍斌的小洋房不远，后山有条相通的近道相连。雨后小路泥泞不堪，幼清脚上的拖鞋直打滑。刚过午夜十二点，周围伸手不见五指，她拿着手机照明，霍斌步子太快，眨眼间已经不见人影。

等幼清赶到合金厂后门时，她清晰地听见玻璃碎裂和金属撞击发出的巨大响声，还有霍斌的吼骂。

这是有人闹事，过来厂里砸东西。

电闸被破坏了，里面漆黑一片。

一个男人戴着帽子口罩严严实实遮住脸，直接过去夺霍斌拿着的手电筒，双方扭打起来。幼清站在门外，离他们尚且还有一段距离，六神无主地掏出手机直接报警。

那些人也不敢真的闹出人命来，把霍斌甩在地上。突然，冒出个人从幼清背后包抄过来，趁她不备抢了她的手机往远处一扔，冲她威胁地一扬手，作势要打她。

幼清吓得头皮一麻，六神无主，下意识地闭了眼。

02

等到警察赶过来，肇事者已经跑了。

合金厂附近的几户人家也被惊动，三更半夜赶过来，围着霍斌在说话。厂里碎了几块玻璃，损坏了一台仪器，还有些零碎物品被砸了。

所幸人没出大问题，幼清平安无事，霍斌受了点小伤。

幼清把手机找了回来，没坏，只是磕了个小角，不影响使用。

她解了锁屏，如同本能一般拨了一个号码出去。她蹲在地上，心仿佛还悬在半空，头顶是没有星星也没有月亮的深沉夜幕，广袤沉寂。

有了两秒钟的缓冲时间，她像突然清醒过来一般，意识到自己在干什么，正准备掐断这通电话，可同一时间，对方按下了接听键。

"喂？"低沉又带着点散漫的男声传出来。

她心下一滞，屏住了呼吸。

"你怎么了？"对方见幼清不说话，问道。

幼清张了张口却没发出声音，心里慌得厉害。

她刚才是太害怕了，一时冲动，想也没想就给这人打了电话。现在听见那头震耳欲聋的电音钻进耳朵，她说不上来心里头是什么滋味，又按键结束了通话。

江学长，请回答

麟城一酒吧。

江鹤齐看着手机屏熄灭，眼角重重一跳，周幼清敢挂他电话，真是桩新鲜事儿。

突然就来了点兴味，他推开黏在身边的女伴，离开人群寻了个稍微安静点儿的地方，拨了回去。

手机突然振动，让正在出神的幼清一惊，"江鹤齐"三个字出现在视线当中。

万万没想到，这祖宗还会杀个回马枪。

她慌手慌脚地接听。

"周幼清，说话。"

"你再敢挂一次试试看。"在她看不见的地方，他冷声威胁她。

江鹤齐又问："你人在哪儿？"

"上锦镇。"幼清说了个江鹤齐不知道的小地名，又补充道，"我舅舅家。"

江鹤齐倒是知道她还有个舅舅，倚在墙上点了一根烟，追问道："刚打电话来什么事？"

幼清其实有许多话想对他倾诉，最后却只是稳住声音说："没什么。"她撑着膝盖从地上站起来，霍斌已经出来找她。

"没什么事你会给我打电话？"江鹤齐觉得稀奇。他不是个有耐

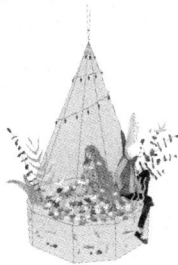

心的人，现在却锲而不舍地为难她，非要从她口中得出个满意的答案不可。

他刚才喝了烈性的酒，量不多，人没醉，这会儿酒的后劲儿却涌了上来。滚烫的掌心握着手机，像个固执等待的倔脾气孩童。

三月初，夜里是冷的。幼清忍住一阵缺氧带来的眩晕感，深呼出一口气："没什么事难道就不能给你打电话吗……"

她反将他一军："我们可是领了结婚证的。"

江鹤齐头一回听见这话从幼清嘴里说出来。

她平素像只兔子似的乖顺，他们不常见面，见了面，她在他跟前说话总爱低头，不起波澜的语调，温和沉静。今天她声音是哑的，气氛也不对劲，应该是遇见了什么棘手的事。

他们向来是各过各的，他对她也没怎么上心过。

此时此刻，江鹤齐却对这个跟他已经结婚小半年了，但又完全不了解的太太起了点不一样的心思。他接过她的话，调笑中带着微醺的酒气，平添暧昧："既然都领过证了，那就记得早点回家啊，媳妇儿。"

"四哥，你叫谁媳妇呢？"赵岑宇见江鹤齐半晌没回来，出来找他，正好听见这么一句。

江鹤齐见幼清秒挂电话，勾起抹玩味的笑，收了手机。

"还能有谁，周幼清。"他对赵岑宇说。

江鹤齐不说，赵岑宇都快忘了，江鹤齐已经是有主的人了。主要是江鹤齐这婚结得仓促，叫人没一点心理准备。周幼清又太安静，不常出现在江鹤齐身边，所以连江鹤齐的几个发小也经常忽略了他们还有位嫂子的事实。

这桩婚姻，不过八个字——父母之命，媒妁之言。

江、周两家的联姻，双方互惠。城西的周家与城东的江家，一个是文娱产业的龙头老大，一个靠重工发家，这些年两家来往并不多，可如今成了亲家，对彼此都有不小的好处。

"四哥，"赵岑宇勾搭上江鹤齐的肩膀，仔细想想感觉匪夷所思，"你一大好青年，怎么就这么早步入了婚姻的坟墓呢？"

江鹤齐甩开他，扔了燃至一半的烟，亦真亦假地说："谁说一定是坟墓的，指不定是温柔乡。"

赵岑宇见过周幼清的次数一只手就能数过来，回忆了一下他四嫂的样貌，确实是个气质温柔的大美人，止不住地妒嫉："下次聚会你把嫂子一块儿带来呗。"

江鹤齐想起方才那通电话，点了下头："成。"

两人正聊着，从对面冲过来一个披散着五颜六色头发的女生，不管不顾一头扎过来，江鹤齐眼疾手快地用手掌抵住她的脑袋。

她双手在空气中胡乱挥舞，撕心裂肺地吼："四哥救我啊——"

03

上锦镇。

因为没有证据，合金厂的事不了了之，即便霍斌心里知道是谁干的，一时也拿他们没有办法。

幼清知道霍斌忙，不等周末过完，星期天吃过午饭就出发回麟城。小镇上有直达的大巴车，大约一个半小时的车程，不算远。

大巴行驶在盘山公路上，一旁有陡峭石壁，看得人惊心。

幼清望着窗外，慢慢开始打盹，周斯言的电话不合时宜地打过来。

"下星期六你回不回家？"他问道。

这通电话来得突兀，幼清又犯着困，一时半会儿没反应过来。

周斯言又说："你是不是聋了？"

虽然他们是兄妹，但少有联系彼此的时候。何况周斯言这人刻薄毒舌，对周幼清永远不客气，说话带着火药味儿，幼清早已经习惯。

"可能回不了。"她委婉地表示了拒绝。

周家有每月一聚的习惯。在定好的日子里，出门在外的小辈们倘若有时间就得回来一起吃顿饭，陪陪老人，说是别等家业越做越大，家人之间的感情却越来越淡薄。

亲情也是需要维系的。

　　只是自从幼清嫁给江鹤齐以后，回周家的次数逐渐减少，她总是
想办法躲过去。她不喜欢周家的氛围，周家人也不见得有多欢迎她。
相看两厌，何必回去给人添堵。

　　"你是太忙了，还是压根不想回来？"周斯言问。

　　幼清胡编了个借口："周六那天得陪鹤齐听音乐会，票都买好了。"
她叫江鹤齐的名字叫得亲热，实则心里头发苦，只不过关键时刻，拿
江家四少爷的名号出来镇镇场子，总是没错的。

　　周斯言听她这么说，果然不再纠缠。

　　车子抵达麟城汽车站，幼清在回学校寝室和回蘅水湾之间犹豫了
一下。虽然她已婚了，但她今年才二十二岁，她还是麟城大学陶艺专
业的一个大四学生。

　　蘅水湾的房子，应该算她与江鹤齐的婚房，是江妈妈替他们准备的。
江鹤齐并不常住，幼清也大部分时间窝在学校寝室，偶尔才过去。

　　想起有个重要的 U 盘似乎是上次留在了那里，幼清拦了一辆出租
车，报了蘅水湾的地名。

　　一进门，她就发现不对劲。

　　玄关处陌生的女鞋，客厅里沙发上盛了果汁的水杯，料理台上的
饭盒……说明屋子里有人在，而且性别为女，绝对不会是江鹤齐。

　　幼清循着痕迹一路找到客房，终于发现罪魁祸首。客房的大床上，

女孩顶着惨不忍睹的鸡窝头埋在被子里。

幼清率先看见横在地毯上的吉他，心领神会猜到是谁，才压住心里的惊诧。料谁回家看到客房平白多出来一个人，都会震惊的。

她走过去坐在床沿上："邬奈……"

睡梦中被惊扰的人极其不耐烦地皱了皱眉，幼清本不想管她，但还是继续碰了碰她的肩背："邬奈，醒醒。"

"啪！"

邬奈大力挥开幼清的手。

睡梦中的人，哪有轻重可言，她用了不小的力道，在幼清手背上留下几道红痕。

邬奈是被这道声音惊醒的，有人烦她睡觉，她自然要动手，看谁敢这么不要命，意识迷糊地挥手过去。等打完了意识才回笼，她睁开眼睛对上幼清的双眸。

"周幼清？"

再看幼清手上红了一片，知道自己闯了祸，她心虚地问："你……你没事吧？"

邬奈知道，四哥和周幼清夫妻俩的关系并不亲密，婚姻如同虚设。但江鹤齐是出了名的护短，邬奈老觉得，要是他知道她对周幼清动手了，百分之百是会教训她的。

"我没事。"幼清说。

幼清对江鹤齐的圈子也不是全然不了解，她知道他有三个发小，在众多朋友里跟他感情最深。

赵岑宇、蒋跃和邬奈。

赵岑宇被戏称为狗头军师，想法和主意多，别人都不敢得罪，相比之下一米九几的蒋跃只是块头大了点儿，身高海拔令人瞩目。

邬奈作为其中唯一的女孩子，她的存在本身已经很特别了。她那么张扬，加之比江鹤齐等人小几岁，他们多半时候是对她颇为照顾的。

幼清记得大概是去年冬，她回周家过年，只觉压抑又索然无味，熬过傍晚的一餐饭后离席，后来一个人去了江边，意外撞见江鹤齐一伙人在放烟花。

江鹤齐像是不情不愿被拖着出来的，在堤岸上坐着，其余人在忙上忙下。邬奈拿着火花棒，塞了江鹤齐一手，他也就那样抓着，金色的火花像星子闪烁。

借他们的光，幼清也看了一场热闹。

她对邬奈因此印象深刻，带着点羡慕的情绪，能够肆无忌惮地接近他、闹他，和他分享自己所喜欢的东西。

"对不起。"邬奈的声音把幼清拉回现实，她看着幼清的手背，难得有点不好意思。

"没事的。"幼清再次说道，她只是属于比较容易留痕的体质，"倒是你，你脚上的伤要不要处理一下？"

幼清刚进房间不久，就发现了邬奈脚踝高高肿起，也没有处理过，因此才将她叫醒。

邬奈听幼清这么一说，更愧疚了。她就是一鲁莽的没长大的孩子，在外头一副嚣张跋扈纨绔子弟的样子，其实根本没有传言所说的那么浑蛋。

"家里有没有跌打损伤的药？你随便拿点我擦擦就好了。"邬奈说。

幼清点点头，去给邬奈找药。走了两步，幼清又回头："还有你的头发……"她欲言又止，最终还是委婉劝谏，"有点乱，你去理发店理理比较好。"

邬奈最近在学校跟人组了个乐队，每个成员都染了一种不同的发色，整个一"葬爱家族"。轮到她这儿，她直接去染了个彩虹头，五颜六色，谁都没她酷。

幼清没忍住笑，问："那现在怎么染回黑色了？"

"周五就被我爸发现了，他要打断我的腿，抓着我去了理发店。"

"你这脚……"

知道幼清要问什么，邬奈说："不是，是我自己崴的。他追我的时候，我跑楼梯踩空了，没什么大问题，放心啦，我心里有数。"

她可是在棍棒底下被磨砺着长大的。

邬爸爸当时没抓住人，邬奈逃窜着去了常去的那家酒吧找江鹤齐解围，扑过去号啕"四哥救命"啊。

江鹤齐不想管这疯子，大概又心情欠佳，直接把她押送回邬家。

邬爸爸强迫邬奈染回黑发，她当时正望着镜子生气，抄起理发剪直接"咔嚓咔嚓"，把一头长发变成狗啃了似的短发，所以现在在幼清看来，有点惨不忍睹。

邬奈觉得整件事情里，最可恨的就是江鹤齐，非但没帮她，反而把她押送回家，辜负了她的信任。

她必定是要来找麻烦的。

一不做二不休，她赖上门去，跑到他蘅水湾的新房来了。

她给江鹤齐打电话，江鹤齐在那头微笑，直接告诉她大门的密码，还说让她别客气，想住几天住几天。

反正，他回蘅水湾的日子一个月不超过五天，只不过除了他和周幼清，别的人都不知道罢了。

邬奈从周六傍晚过来，浑浑噩噩睡到现在，已经是星期天下午四点多，肚子饿得"咕噜咕噜"叫。

"叫外卖？"幼清问。

邬奈一边用药酒擦脚踝，一边直摇头："不想吃外卖，我嫌不干净。"她还挺挑剔的。

"要不我给你煮一碗面？"

"好啊！"

她一点也不跟幼清讲客气。

冰箱虽然很空，但基本的食材还备着。幼清的厨艺是霍歆教的，一直很不错，简简单单的一碗面已经让邬奈赞不绝口。

邬奈狼吞虎咽，幼清给她倒了一杯水："你慢点儿吃。"

邬奈喝完面汤，彻底恢复了精气神，开始认认真真地打量幼清："四嫂……"食人一口粮，称呼已经变了。

"你为什么要跟我四哥结婚啊？"

外界都知道，周家与江家是商业联姻，所以哪有什么为什么，也从没有人问过幼清这样的问题。

幼清只好一笑，回答得很官方："门当户对。"

邬奈觉得没意思，这话听起来不像心里话，但好像又是事实。她拿起一根筷子敲了敲碗沿，发出清脆悦耳的响声，嘟囔道："其实我还挺喜欢你的。"

幼清受宠若惊。

邬奈也是麟城大学的，音乐系，大二生，她其实以前就见过幼清。麟大的蚂蚁集市上，许多学生夜晚出来摆摊，幼清有时会过去卖自己做的陶艺品和陶杯。一掬灯火，映着美人面，闹市里喧哗拥挤，独她是最特殊的那个。

说白了，周幼清长得好看。

邬奈第一眼就觉得她好看，气质也好，很合眼缘，当时还准备过去跟她买个杯子的，可惜被朋友拉着去看社团消息了。

邬奈被幼清看得不好意，凶巴巴地说："谁让你煮的面这么好吃，不然谁会喜欢你！"

幼清失笑。

本以为是个混世魔王，如今看来，传言真的不可信。

邬奈参加的乐队近期在准备校园演唱会的事，她是吉他手兼主唱，消失了两天，现在电话一个接一个打过来催她过去排练，她只得赶过去。

幼清送邬奈去等电梯。

邬奈一瘸一拐，幼清叮嘱她最好抽空去医院看看。邬奈不以为意，心里还在揣测她四哥的感情问题。等电梯的间隙，邬奈不忘继续八卦："那你喜欢我四哥吗？"

最隐秘的心思一直以来小心隐藏在角落，却被人突然戳中，幼清几乎措手不及。她像是要努力说服自己，说得毫不犹豫且果断，口不对心的五个字："没什么感觉。"

江鹤齐本是想回来看看邬奈怎么样了，别真给他惹出茬子来，出了电梯就听到这几个字。他笑了笑，对上幼清惊愕的眼睛。

邬奈知道自己多嘴闯了祸，背着吉他落荒而逃："四哥我先走了，

四嫂再见！”

等电梯门再次合上，幼清面前就只剩下江鹤齐一人。外面天气有点冷，他穿着舒适柔软的毛衣，一身休闲打扮，阔肩长腿站在她面前，深邃的双眸望着她。

而后，骤然间低头过来，他作势要亲她。

幼清本能地后退了一步，却被他揽住腰，不可挣脱地带进怀里。

粉白的耳垂被他干燥温热的唇碰触，他故意多停留了两秒，恶劣地看着她的脸一点点变红。

越来越红。

英俊出众的面容上带着戏谑，江鹤齐在她耳边笑：“现在有感觉了没有？”

04

当天晚上，幼清失眠了。

她回了寝室住，这时只有她一人在。其他三个室友都已经出去实习，在外面租了房子。寝室楼下的路灯一直亮着，阳台上有微弱昏黄的光渗进来。

她躺在床上翻来覆去，想起江鹤齐白天的那个吻，心跳又开始加快，捂住脑袋无声地“啊”了几声。后来，她索性爬起来打开台灯，翻翻

江学长，请回答

她的木匣子。

　　幼清有个宝贝匣子，随身带着。以前住周家，她把它藏在衣柜最里层，后来上大学住寝室，没多少行李，唯独不忘把它一起带出来。

　　木头做的匣子，像老式的那种妆奁，上面挂着一把小铜锁。里面的东西零零碎碎，半块橡皮、作业本、练习册、护腕、被剪下来收藏的校园报……只是，这些东西的主人并不是她。

　　它们全都与另一个人相关。

　　字迹未褪的作业本上赫然写着他的名字——江鹤齐。

　　江鹤齐一直以为去年结婚前的见面，是自己与幼清的初次见面，他恣意张扬的高中时代从来都与周幼清这个人八竿子打不着。

　　却不知道，他的名字贯穿了周幼清高中的始终。

　　"祁盛"是麟城最出名的私人贵族高中之一，以教学质量高著称，幼清高中是被送去那里读的。她高一时，江鹤齐已经高二，但她的教室挨着他的教室。

　　高一年级的培优班是被单独拎出来的，跟高二在同一层楼。

　　那时候的幼清经常做的一件事就是，抱着厚厚一沓语文练习册经过高二13班外面的走廊，目光总是不经意地向教室后排瞥去。江鹤齐长得好，性格也算开朗，更何况是周家老爷子的独孙，周围的都是人精，谁不上赶着凑过去。

课间，他桌子旁永远围着成堆的人。

幼清每每只能捕捉到一个侧脸，少年笑起来的样子总像带着光，这几年来，她是那只飞蛾。

人群里听到"江鹤齐"三个字，她总是先紧张起来，然后聚精会神听。她能背出他们班的课表，熟悉他们班的科任老师。知道他朋友多，常呼朋引伴，其实玩得好的也就那几个，赵岑宇和蒋跃，还有个初中部的混世魔王邬奈。再还有，就是那个很特殊的、跟他走得近的女孩，叫沈迦宁。

沈迦宁和江鹤齐，他们是朋友，又不仅仅只是朋友。

两人不同班，沈迦宁每次过来找江鹤齐，一旦走到高二13班门口，班上的男生们就会一起心照不宣地公然起哄，拖长音调喔一声；江鹤齐觉得麻烦，从不收人礼物与情书，但沈迦宁做的饼干，他会接；元旦文艺会演上，沈迦宁独舞，江鹤齐帮她钢琴伴奏。

周幼清是个局外人，这些要么是亲眼所见，要么是听同桌八卦来的。

有一次轮到她值日，她留下来打扫卫生，放学后校园里空荡又安静。她洗了拖把从厕所出来，撞见从教室出来的江鹤齐。他一个人落单，沉着张脸，明显心情不好，拽着书包往外走，一个作业本掉出来。

幼清想也没想地把本子捡起来，追上去还给他："同学，你的东西掉了……"

江鹤齐顿住脚步，接过来只看了一眼。他心情实在太差，甩手一挥，

江学长，
请回答

本子往外飞得老远，然后他大步越过幼清走了。

　　幼清愣在原地许久，一次普通的遇见，连一句完整的对话也不曾有，她却像已经等了许久。兴奋与失落都有，几乎将她淹没，少年心事剪不断理还乱。被浸湿的拖把往下滴着水，不一会儿，她旁边圈出一摊水渍。

　　那天，幼清费了很大的劲，天黑之前，在灌木丛里找到了那本被江鹤齐丢掉的作业本。

　　里面几乎是崭新的，只有前几页动过笔，默写了两段文言文。他应该是系统地练过字的，笔迹比行楷更缭乱一点，看上去流畅舒适，但笔锋有力，框架也不散。跟许多男生一样，在扉页上有拿铅笔随意涂涂画画的痕迹。幼清仔细辨认了几眼，觉得他画的像狐狸，又像狗。

　　看样子，他的绘画功底实在是不太好。

　　幼清想了想，觉得江鹤齐大概也不会再要这个本子，便自作主张地没有还回去，私自留了下来。

　　这是她收集的第一件与江鹤齐有关的东西。

　　后来，渐渐地，东西又添了几件。江鹤齐是学校的风云人物，代表学校参加各种比赛和演讲，常常会出现在校园报上，幼清就将报上跟他相关的文字块和图像剪下来。

　　再后来，江鹤齐高三了。高考前夕，他们提前狂欢，把许多书和

试卷撕了、扔了，在教学楼下铺成一片雪白的海。

幼清悄悄留下来，等人都走光了，去里面翻找属于江鹤齐的那一份。

她也觉得她像个变态，但是她控制不住自己。

她在周家长大，从小乖巧安静，像极了她母亲霍歆。遵循着平静安定的生活轨迹，从未做过什么疯狂的事情，唯独在江鹤齐这个人身上，她从一开始就耗尽了执着与等待。

第二章

Chapter Two

/ 你不知晓的暗恋 /

01

空闲的时候，幼清在一家叫"干杯"的陶艺吧打零工。

陶艺吧开在客流量少的偏僻地段，平日里生意冷清，到了周末才稍微热闹点。吃完午饭后，幼清洗干净手，系好围裙从工作间里出来，被店长叫住："花架那边来了位新客人，想做个陶杯，你去教教人家。"

店长冲她挤眉弄眼，小声凑近道："是个大帅哥喔。"

幼清向那边望去，视线被花架上的绿萝遮挡，隐约看见一个让她觉得熟悉的背影。

客人西装革履，笔挺地坐在陶艺吧里，实在与周围轻松随意的氛围不搭。他脱了外套，里面是一件不带一丝褶皱的雪白衬衫，摘了腕表，袖子挽起，面容严肃地盯着面前的一团陶土。

实在不像是来体验陶艺的。

幼清在他对面的板凳上坐下，用清水沾湿双手，开始做示范，全程却一言不发，完全没有对待来客的热情。

江学长，
请回答

她教完一遍，示意对面的人自己来。

男人皱着眉头，修长的手指在陶土上戳来戳去。没过几秒，他就坏脾气地五指一捏，彻底毁坏了幼清之前的塑形。

像是纯粹来捣乱的。

"周斯言，你到底来干吗的？"幼清问。

男人精致出众的脸上仍然不见半点表情，像他之前摘下的那块精密手表，严丝合缝而无一分破绽。他冷声道："你们店就是这样对待客人的？"

"你想怎么样？"

"教我。"

两人僵持不下。幼清在脑海里设想了一下直接把周斯言轰出去的可能性会有多大，几乎为零。如果她敢这么做的话，以周斯言变态的个性，他估计会叫人直接将陶艺吧砸了。

"你让我怎么教？"幼清无奈。

周斯言的目光停在她那条灰格子围裙中央沾着的泥点上，语气不耐烦："你怎么教别人，就怎么教我。"

于是，幼清只好手把手教他拉坯。

店长抱着一颗八卦的心朝这边看，只见一男一女皆是一脸苦大仇深，好像对面坐的是仇人，手里的陶土是刀刃。

幼清小心地贴着周斯言的大拇指向下按压，转轮在高速转动，随着手指的用力，陶土中间逐渐被打开一道口。

她努力地像个老师，嘴上也说着："食指和大拇指轻轻地用力，推边缘，让它慢慢变薄。"

周斯言说着不相干的话题："上次你不是说今天要去听音乐会。"

幼清："……"

闹了半天，原来是在这里等着她。

她心里一算日期，才想起今天是周家聚餐的日子。她上次找和江鹤齐一起听音乐会的借口，拒绝了回周家，结果现在被周斯言逮了个正着。

她想着要怎么圆谎："音乐会傍晚七点才开始啊，现在还没到时间，正好跟家里晚饭的时候冲突，我当然回不去。"

周斯言盯着她，摆明了不相信她的鬼话。

"如果我发现你骗我，你就死定了。"

陶杯做到一半，秘书过来催周斯言回公司。幼清巴巴盼着他走了以后，忙不迭掏出手机上网查询麟城的音乐会。

她运气不佳，根本没有任何一场音乐会是在今天举办的，想必周斯言也早就知道了。

她撒了一个破绽百出的谎。

拿着手机无意识地翻看，幼清突然注意到邬奈的头像，灵光一闪，想起之前邬奈跟她说的学校乐队演出，正好就在今天。

虽然跟她同周斯言所说的音乐会不太相符，但好歹也是一场音乐演出。

幼清赶紧向邬奈求助，问邬奈他们乐队今天具体在哪个地方演出，时间几点，方不方便给她留一张门票。

邬奈这人够义气，幼清一开口，她立马打包票说，只要人过来就行。

幼清这才算松了一口。她跟店长请了假，下午回去准备准备，傍晚去听邬奈的演唱会，希望到时候能应付过周斯言这一关。

乐队演出地点在麟城大学音乐系演播厅，幼清过去的时候还早，里面的工作人员在忙着布置场地。邬奈刚化好烟熏妆，从幕布后蹿出来吓幼清，狗啃了似的头发也已经好好地打理了，变成一头清爽帅气的短发。她看上去咋咋呼呼，像个莽撞的男孩，实则生得骨架小，短发的模样也好看。

幼清问她脚踝好了没有，她潇潇洒洒一挥手，说早就没事了，消肿了。

邬奈给幼清留了个靠前排的座位，带她过去。过道那头跑过来一个染蓝头发的男生急着叫邬奈走，幼清让她先去忙。

再过了会儿，陆续进场的观众越来越多，演播厅里热闹起来。幼清挑选了一个合适的角度，对准前方的舞台自拍了一张，什么也没说，把照片在微信上给周斯言发了过去。

算作证明。

周斯言的电话下一秒就打了进来："不是说和江鹤齐一起？他人呢？"

幼清哪料到周斯言还记得这茬，只好嘴硬："他公司临时有事，走不开，就我一个人来了。"

她忽然敏感地察觉到周斯言那头也有嘈杂的背景音，和她这边的一模一样。她心里一个激灵。

"你在哪儿？"

幼清扭头，周斯言就握着手机站在演播厅门口拥挤的人潮里。

他换了一身打扮，穿着灰色调的卫衣搭牛仔裤，很容易让人误以为是麟大的学生。额前细碎的头发放下来，柔软地耷拉在眼皮上，他正目不转睛地望着她。

幼清的手机还贴在耳边，她的声音冷了下来："你为什么会来？你跟踪我？"

周斯言丝毫不觉心虚："我让人在陶艺店门口守着，你一出门，他就跟着你来了这里。"

"变态。"

"你不是早就知道了。"周斯言笑着朝她走来。

演出已经开始，捧场的观众开始鼓掌欢呼，一齐高喊乐队的名字。在耳边无尽涌来的声浪中，幼清想起了什么。

她差点忘了，今天是周斯言母亲的冥诞。

所以，他今天一反常态，三番五次地过来找她麻烦，想让她也不痛快。

所以身为周家的继承人，他今天却没有参加家族内部的聚餐。他如她一般，讨厌着周家。

02

邬奈之前跟幼清说好，叫她演出结束后也别急着走，两人一道去吃点东西，麟大附近又新开了家日料店。

幼清本来不想答应，现在为了避开周斯言不与他一道离场，故意放慢脚步拖拖拉拉，在演播厅外面的花坛前等着邬奈。

周斯言却一步不落，尾随着跟过来。

幼清正打算开口赶人，远远地看见了江鹤齐。

他竟然也在。

转念一想，他们几个把邬奈当妹妹宠，邬奈的演出，他到场也不

奇怪。

周斯言挨着幼清站定，从他的角度看，自然也发现了江鹤齐，语气嘲讽："不是说他工作忙抽不开身？"

说了一个谎，得用无数个谎来圆。幼清默默叹气，只能硬着头皮编下去："刚才他忙完了，我发短信告诉他演出还没结束，他就又过来了。"

所幸，江鹤齐在跟人打电话，并没有注意到他们这边。

邬奈及时跑出来替幼清解了围："四嫂，久等啦！"

小疯子换下演出服穿着自己宽松的外套，浓妆却没卸，金属灰的眼影闪着零星的光，颧骨下面扫着大地色的腮红。妆前与妆后的气质太不一样，幼清看了许久才习惯。

"刚刚的演出很棒。"幼清先例行夸奖。

邬奈尾巴要翘上天，喜滋滋地说："我就说我唱歌好听嘛。"

她正臭美着，注意到幼清身边存在感极强的周斯言，浓妆艳抹的脸以肉眼可见的速度，唰地红了。

邬家的混世魔王，有生之年，第一次看见一个男人直接红了脸，可见周斯言的杀伤力之大。

周家出美人，名不虚传。

幼清替他们两人相互介绍："这是邬奈，这是我哥周斯言。"

周斯言听见她话里快速掠过的对他的称呼，诧异地垂眸，望着她的侧脸。她居然会跟人说他是她的兄长。因母亲冥诞而在心头笼罩了一整天的乌云，似乎被拨开了一丛。

邬奈憋了半天，别扭地打过招呼之后就没再说别的话，可见是真紧张了。幼清把她拉到花坛的另一边，避开周斯言，警告道："他不是好人，你别喜欢他，就是一副好皮囊而已。"

"哇，你怎么能这么说自己的哥哥？"邬奈说，"你也不用为了提防我觊觎他，就这样故意诋毁损坏他的形象啊。"邬奈的脑回路异于常人，"四嫂，你一定是个兄控。"

气得幼清想把她脑子撬开。

"相信我刚刚说的话，离周斯言远点儿，小朋友，"幼清拍拍邬奈的头，"不然你要吃大亏的。"

这话似曾相识。

上一次，邬奈叮嘱幼清，说你千万别先喜欢上我四哥，否则是要吃亏的。跟江鹤齐那样的人谈恋爱，除非他先动了心，你才有活路。

可见邬奈看得多通透，现在轮到自己，她就糊涂了，满脑子都是周斯言。

"对啦，我四哥也来了你知道吗？"邬奈突然问。

幼清说："刚才隔着人看到他了，他没看见我。"四周张望了一圈下来，没再发现他的身影。

邬奈冲她挑挑眉："我打电话叫他过来。"

话还没说完，已经率先看到了人，邬奈高高扬起手："四哥——这边！"

江鹤齐率先看到邬奈旁边的幼清，没明白这两人天差地别的性子怎么会混到一起。好歹是夫妻，得问候一句，他朝她笑得无懈可击："这么巧。"

身后来了人。

身段高挑的女孩一边低头翻着包，蜜色的长发随她的动作自肩头倾泻而下遮住大半脸颊，一边叫着谁的名字，语气亲昵而依赖："鹤齐，我的零钱包好像掉了，找不到了……"

她走路不看路，差点绊到脚下的石子。

江鹤齐及时伸手扶了她一把。

女孩稳住身，抬起头来。

时隔四五年，依旧美丽不可方物，样子和幼清记忆中的人没有多大的变化，除了更加成熟了一些。

沈迦宁还是那个光彩照人的沈迦宁。

03

沈迦宁一个人丢了零钱包，返回演播厅去找，四个人陪同。

江学长，请回答

江鹤齐本就是同沈迦宁一起来的，邬奈得帮她四哥出份力，幼清约好了同邬奈去吃东西，只能等她，而周斯言双手插兜跟着幼清，丝毫没有要离开的意思。不过他是不会帮着找的，腰也不肯弯一下，冷漠旁观。

沈迦宁的零钱包里装着几枚硬币、一支口红，并无贵重物品。只是零钱包本身，对她来说似乎有特殊的意义。

几人在厅内搜寻，没过多久，被幼清在后排的一个座位底下捡到了。

一个米白色的小包，背面用墨绿的丝线绣着几个英文字符，针脚细密，幼清仔细辨认——HORUS。

不勒斯。

不过一瞬，幼清已经反应过来，难怪沈迦宁那么珍视。

幼清把东西物归原主。沈迦宁向她道谢，邀请道："今晚我在芥子洲那边的火锅店开业，我请你们吃东西怎么样？人多也热闹，就当是给我捧个场。我和鹤齐也正准备过去呢。"

她并不清楚幼清的身份，只当幼清是邬奈的朋友。

幼清微笑着拒绝了这个邀请。

她看着离她不过两三步之遥的江鹤齐，晚风从他身后的方向吹来，空气中飘浮着隐约的冷杉的味道，似乎也送来了他的气息。

即便他们结婚了，他对她而言，也只是比陌生人稍微熟悉一点的存在。

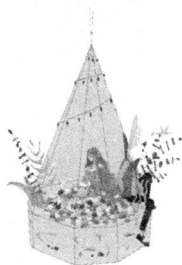

"奈奈，你跟他们一起去吧，我和我哥还有一点事情要办。"幼清说。

她宁愿跟周斯言凑到一起，只求快点脱身，一刻也不想在这里再待下去。

江鹤齐看着幼清的背影没入夜色中，不知道在想些什么。邬奈伸手在他面前晃了晃："四哥，四哥，看什么呢，我四嫂都走了。你要想留住人家，刚才怎么不开口？"

江鹤齐缄默不语，倒是旁边的沈迦宁按捺不住惊呼道："你叫她四嫂？"

"对呀。"邬奈说，"幼清是我嫂子，我四哥他老婆呀。"

江鹤齐结婚了，沈迦宁毫不知情，没听见半点儿风声。

她回国不过一周，熬到今天迫不及待地从蒋跃那儿打听出江鹤齐晚上去了麟大，精心打扮了一番过来在校门口等，终于等到机会和他说上了话，且一同入了场，现在却如遭晴天霹雳。

她期待地看着江鹤齐，寄希望于他能够亲口否认邬奈所说的这件事情。

江鹤齐却击碎了她心中仅存的一丝希冀，挥挥手："奈奈的演出看完了，任务完成，我先走了。"完全没有要跟沈迦宁去火锅店的意思。

周家兄妹俩徒步走在麟大校园幽静的林荫道上，如饭后散步一般，是这些年来少有的场景。

"撒谎精。"周斯言说。

"你刚刚不也没拆穿我。"

其实幼清没有发现，只要她叫他哥哥，他总是无法拒绝她的。

"为什么要嫁给江鹤齐？"

"因为两家联姻啊。"为什么最近总有人来问她这个问题。

"你喜欢他。"周斯言目光毒辣，看得太准。

他这样笃定的语气，竟让幼清无法反驳。她低头，轻声阐述一个事实："可他不喜欢我。"

她说："他有喜欢的人了。"

"蠢。"周斯言说，"那就把人抢过来。"

"我从小到大都比你聪明，要不要我帮你？"大概是被刚才那声哥哥喊得有些膨胀了，周斯言选择短暂地遗忘了与幼清之间的陈年芥蒂。表面仍是那张不苟言笑的脸，心里却恨不得摘下月亮捧到她面前，好让她开心地笑一笑。

"谈恋爱不是谈生意，你帮不了我的。"

幼清一盆冷水将他的热情浇灭。

晚上，幼清回到蘅水湾，已经快十点。

她的这间房原本应该是夫妻两人的卧室，实则只她一个人住，江

鹤齐过来睡，挑的是另外一间客房。她一人占着属于两个人的地盘，觉得室内面积尤其大，显得空荡，好在暖色调的装修增添了一点温馨的感觉。

洗漱完，坐在床边看了会儿书，她不太专心，没多久思绪就开始飘远。后来，她索性拿起床头柜上的手机，打开一个冷门的社交软件，搜索一个叫"不勒斯"的用户。

那个账号已经许久没人用，但也一直没有注销。最后一条动态，时间止步于五年前。

五年前，江鹤齐他们那伙人从祁盛高中毕业。

这个账号是幼清无意间发现的，她猜账号的主人叫江鹤齐。

当年，祁盛高中的元旦文艺会演的节目单上，有一项赫然印着"独舞沈迦宁"，钢琴伴奏者则没有表露真实的姓名，只有"不勒斯"这个代号。后来直到江鹤齐出场，大家才明白原来他就是那位神秘嘉宾。

在个人信息栏能翻看到用户的基本资料，年龄、所在城市，都能对上号。最主要的是，相册里有几张照片，拍摄的是祁盛高中校园风光，幼清因此确定他就是江鹤齐无疑。

她像个怯懦的偷窥者，把他的所有动态浏览过无数遍。

这里曾经充当过他的树洞和秘密基地，留下的文字记载着他喜欢过一个女孩的事实。

他直白地写："暑假才过了两天，我就开始想你了。"

江学长，
请回答

他还有点小情绪："生日聚会你居然没来……"后面跟着连串的冒火的表情。

他秘密策划着："我要找个特殊的日子跟你告白。"

那个"你"，只可能是沈迦宁吧。

幼清看了一遍又一遍，原来江鹤齐喜欢一个人的时候是这样的，也会很热情，也闹脾气，也还忐忑着，怕对方不接受自己的感情。

她曾不止一次地奢望过，要是他喜欢的人是她就好了。

但是，怎么可能呢。

他有她融不进的圈子，过着与她截然不同的生活，身边三五好友围绕，日子肆意洒脱。她有什么勇气半路拦截，站到他跟前，让他注目、垂眸、倾心，让他为她神魂颠倒。

几年高中时光证明，她不过是一个，他连姓名都不曾知晓的人。

停止胡思乱想，关了灯躺下，幼清睡得并不安稳。迷迷糊糊中，她听见外面有很大的动静，直到"咚咚"几声，房门被急促敲响，让她彻底清醒。

门外是江鹤齐，他火急火燎地问："床能不能分我一半？"

"江太后来查房了！"匆忙解释了一句，江鹤齐不等蒙圈的幼清反应过来，就将她推倒在床上，掀起被子盖好，自己利索地脱了外套，也跟着钻进来。

两人的胳膊不可避免地挨在一起，江鹤齐的体温明显比幼清高一些。她浑身僵硬不自在，正准备往后挪，被江鹤齐擒住手腕，他揶揄地笑道："你躲什么？怕我占你便宜是不是？"

属于他身上的味道被放大了，在鼻尖萦绕，太近了，反而让幼清觉得不真切。她看他脸上带着笑，明显是在开玩笑，却认真地回答："不怕。"

说来不好意思，她巴不得他占她便宜。

幼清的回答让江鹤齐很意外。

他一向随性，听闻后越发想打趣她，脑袋往右挪了两寸，霸道地挤到她的枕头上，脸几乎贴在一起。

这时，江太后推门而入，看见床上两人相拥，演戏演得十分敷衍："你们就睡了呀？我不知道，一不小心就把门打开了，我不是故意的，你们继续你们继续……"然后又满意地把门带上了。

江鹤齐跟幼清说："她想抱孙子想疯了，你别见怪。"

他说话的声音很轻，耳语一般，此时此刻，此情此景，仿佛真是枕边耳鬓厮磨与她相亲相爱了许多年的丈夫。

急剧的心跳震得幼清头晕，可她反而冷静下来，她问江鹤齐："我明天要去一趟舅舅家，他那边出了点事，我不放心，得过去看看……你要跟我一起吗？"

她是在邀请。

江鹤齐听出了话里隐藏的一丝求助的意味。方才江太后查房，多亏她仗义相助，现在她用得上他，他又怎么会不帮她。

"嗯，明天几点？"江鹤齐问，"我们一起去。"

04

才过去不过一个星期，霍斌又惹了麻烦事上身。合金厂附近有几亩田被当地一个姓吴的人用作养殖基地，养了大批青蛙，已经持续了两年。今年青蛙市价不好，存活率又比去年有所下降，老吴就把这事怪罪到了合金厂身上。

说合金厂排放污水，导致他养的蛙大量死亡。

老吴挑了两担粪泼在合金厂门口，扯着嗓子大喊，让霍斌赔钱。

这事是合金厂的一个老师傅悄悄告诉幼清的，霍斌独自一人在外乡办厂，不知要吃多少哑巴亏。幼清虽然不见得能帮上忙，但霍斌这边多个人也好，毕竟他身边也只剩下她这个外甥女了。

隔天，江鹤齐开车和幼清抵达上锦镇的时候，已经接近中午。两人都饿了，找了一个干净整洁的小餐馆吃饭。等菜上桌的间隙，两人聊着天，幼清把霍斌那边的事都交代清楚了。

不知怎的，这次来有江鹤齐在旁边，她似乎就多了份底气。

"那个老吴，跟上次来厂里砸东西的人或许是一伙的。"江鹤齐猜测。

"不知道。"幼清费解地摇摇头，"上次舅舅让我先回麟城了，后面也没再听他提起过。"

江鹤齐低头看手机，服务员端着茶水上来，幼清拿筷子戳破包裹着碗碟的那层塑料封，把两个人的餐具烫了一遍消毒。

江鹤齐正在跟赵岑宇和蒋跃联系，叫他们准备人手，余光里瞧见对面幼清的动静。她朝他笑一笑，眼睛明亮："我在这镇上也没怎么待过，不知道哪家味道好，待会儿要是不对你胃口，回舅舅家我再给你煮点东西吃。"

她知道江家四少爷讲究，小地方的东西可能合不了他的意，担心他随时撂担子走人。

"我没那么挑。"

因着她那句话，挑剔至死的江少爷说着违心话。菜上齐之后，虽不对胃口，他却也没觉得太难吃。

江鹤齐初到上锦镇，进门之前难得还顾及人情世故和俗礼，跟幼清在周围的摊子上买了点新鲜水果拎着去。

合金厂这几天已经停工，人都聚集在霍斌的家里。大门敞开，好几个人操着一口当地的方言在大声说话，撸起袖子兴致勃勃地讨论，在替霍斌抱不平。还有几个妇女带着小孩坐在旁边嗑瓜子，小孩闹腾得欢，屋子里更加吵闹。

霍斌夹在众人当中，儒商模样，显出几分书生气。

大门敞开着，视野开阔，又值下午一两点，阳光正好。

江鹤齐将车停好，同幼清一起拎着东西上门，走过桂花树掩映的小道。霍斌正愁眉苦脸，看见幼清的身影，顿时高兴起来，起身迎了出去。

其余的乡邻一时安静许多，连吵闹的孩子也歪着头好奇地瞅着门外两个陌生的年轻人。

"舅舅……"幼清喊人，江鹤齐跟着一道打招呼。

霍斌虽然只在幼清结婚当日见过江鹤齐一面，却对江家四公子有深刻印象，当即接过他手中大袋小袋的东西，客气两句："你们怎么都来了……"

幼清说得委婉："正好星期天放假，我们过来乡下散散心。"当着其他人的面，丝毫未提及合金厂被找麻烦的事。

周遭打量的目光太过强烈，让幼清感到有些不适，有两个妇人过来搭话，她便只好一问一答。反观江鹤齐，一如既往的随性洒脱，似乎毫不在意。

他与她的座位挨在一起，幼清想要暗示他离开，私底下钩了钩他的手腕："要不要出去走走？"

江鹤齐反擒住她的手指，压下嘴角的笑，对霍斌说："舅舅，我

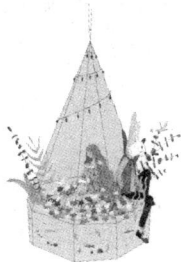

跟幼清先去外面转转。"

戏得演到底，幼清立即挽上他的胳膊，两人悠闲地出了门。等走到没人的地方，幼清松了口气："他们老盯着我看做什么，怪不自在的。"

"当然是因为你好看。"江鹤齐说。

我还是要脸的，幼清腹诽道。

"他们也看你了。"

"说明我也好看。"

"……"

她忽然意识到，手还挂在他的臂弯，于是慢吞吞地松开了他。江鹤齐笑："你这算不算非礼？刚才大庭广众，你悄悄钩我手的那下，我当场还回来了。现在这个要怎么还？"

脚尖磨蹭着草地上的小石子，幼清小声问："你想要我怎么还？"

江鹤齐见她害羞，心里把持着分寸，清楚明白地知道眼前这位不能随随便便对待，乱撩不得。他笑道："逗你呢，别怕，我什么坏事都不干。"

说来可笑，他在她面前，倒成了正人君子。

幼清心里微微发涩。

幼清带着江鹤齐在周围不远的地方逛了逛，三月草长莺飞，又是艳阳天，晒着暖洋洋的日头，整个人有种说不出的惬意。

幼清跟江鹤齐聊起霍斌："舅舅不是本地人，在这里办厂总是要吃亏的，有些人见他的厂子赚了钱，巴结着他，其实背地里又说他的坏话。那些表面朋友，都是不能交心的……连着几次出事，恐怕没几个人是真的担心他的。现在坐在屋里的那群人，谈得起兴，帮着出主意，其实也就来凑个热闹。"

她揪了跟狗尾巴草，目露惆怅。

江鹤齐问："养蛙的老吴说要舅舅赔多少钱？"

"这个我也还没问清楚。"幼清说，"也不知道舅舅是怎么打算的，估计要请专业人士来检测水源，但就算检测结果出来了，跟合金厂这边没关系，老吴估计也还是不会认账的。"

"这件事其实简单。"江鹤齐说。

"哦？"

"你等着看吧，山人自有妙计。"他冲幼清眨了下眼睛，"对付恶人，就得用贱招。"

05

晚饭是幼清准备的。三个人，八盘菜，十分丰盛地摆满了一桌子。四道霍斌爱吃的，剩下四道皆符合江鹤齐的口味。

盛饭的时候，霍斌问她："幺儿你爱吃什么？"

幼清的小名就叫"幺儿"。"幺"是排行最末的意思，家中最小的那个常被称作幺子。霍斌婚姻不顺，早年间娶过妻却没有生孩子，而妹妹霍歆只有幼清这么一个独苗。霍家幺儿的名号，就这样被幼清占了。

幼清浑然不在意，眼睛扫过餐桌："都是我爱吃的。"

江鹤齐并不了解她的口味，难得体贴，替她夹了一筷子红烧茄子。幼清开开心心地吃了。

入夜之后，气温明显下降。幼清去房间铺床，到柜子里多拿了条毯子出来压着。想了想，她又多拿了个枕头。

江鹤齐来了，理所当然是同她一起，住她原来的房间。霍斌断然不会再另外给他收拾出一间客房的。

她望了望此刻正坐在米色地毯上玩手机的人，默不作声地把窗户旁的布艺小沙发放下靠背，平铺成一张小小的单人床。今晚，她还是自己睡这里就好。总不敢劳烦某位大爷将就，小沙发对于他一米八五的身高来说，确实憋屈。也好过两人同床，她半夜转醒时，疯魔了一般，止不住地肖想他。她真替他的清白担忧。

幼清这边胡思乱想得厉害，江鹤齐没个正形地瘫着，却是在谈正事，蒋跃在微信上找他。

"四哥，妥了。"附上几张照片。

"没言行逼供，只吓一吓，老吴就招了。"

江鹤齐勾起一抹轻蔑的笑，蒋跃那边还有消息传递："老吴供了五个人，跟上次砸场子的有关，都是上锦镇当地的混混，有前科，犯事关过几年。"

蒋跃发来一个可爱的表情包，看着像是从网上盗的图，柴犬笑容十分邪魅。

江鹤齐一个个字打出来："关着多好，出来又要祸害人。"

蒋跃顿觉自己就是一降妖除魔的高僧："这次五指山压着，他们翻不了身了。"蒋跃一大老粗，跟赵岑宇处久了，近朱者赤近墨者黑，不那么莽撞了，喜欢变着法子折磨人。

江鹤齐扔了手机，双手枕在脑后，终于腾出眼睛来看眼前的人。

"欸，怎么就分床睡了媳妇儿？"他一时嘴快，喜欢占两句口头便宜。

幼清不理会他的调笑，认真拍了拍蓬松柔软的枕头，给套上新的枕套："你睡床，我睡沙发。"

江鹤齐说："这话听着像夫妻两人感情不和。"

幼清手上的动作一顿，背对着他，脸上的表情丝毫不泄露情绪，也学他的样子扬着声调："胡说，我们感情好着呢。"

相处的时间越来越长，越来越像是……朋友。

明明离他更近了，她却越来越贪心。

"舅舅的事儿解决了，老吴不会再上门闹了，连着之前的新仇旧恨一锅端了……"江鹤齐说，"以后估计也没哪个不要命的凑上来找死。"

他此刻自觉自己是个功臣，脸上的神情和幼稚园的孩子拾金不昧或是见义勇为做了件好事的表情差不多。他微扬着头，拿着睡衣去了浴室，让幼清哭笑不得。

江鹤齐进了浴室不过两分钟，他扔在地毯上的手机就振动起来。幼清捡起一看，来电人，沈迦宁。

她方才生出的那些雀跃和隐秘的高兴，在看到这三个字时，缩减了一半。

来电者锲而不舍，不肯挂断，手机持续在振动。幼清想了想，接听了："喂，你好。"

对方明显一愣："你是谁？"问完大概领会到自己傻了，主动挂了，反倒像做贼心虚。

幼清苦笑。

没多久，江鹤齐擦着湿漉漉的头发出来。幼清拿着手机若无其事地递给他："刚有个电话进来，我接了，她又挂了。"

幼清其实是有那么一点心虚的，却装作坦然自若着，伪装得这么好，连江鹤齐也看不出端倪。在周家待了这么多年，她周幼清就学了这么点东西。

他根本不喜欢她，他另有喜欢的人，同她一样，喜欢了这么些年。

她不能将这份心事说出来，让两人难堪。

他不知道，她才能装作若无其事地坐在他身边。

不知道为什么，江鹤齐没有理会沈迦宁的那通电话。晚上，幼清睡的床，他睡沙发。关了灯，窗外月光清越。她从枕上悄悄扬头去看，见他全身伸展不开，蜷缩在小床上。

"真的不用跟你换地方吗？"她又一次提议。

江鹤齐伸了伸无处安放的大长腿："不用。"索性卷着被子滚到了地毯上，地毯上也能睡。

两个人都无睡意，慢慢变成了寝室茶话会一样的气氛，聊到学生时代，聊到经典的初恋话题。

"你读书的时候喜欢过哪个女生吗？"幼清问出口后，心酸中夹杂着微妙的期待，等待他的答案。

江鹤齐头上有三个姐姐，生得各有各的美，基因强大，皆出类拔萃，见得多了，他大概对女生有些免疫。他似乎也认真想了想，说："真正喜欢上的……没有吧。"

竟跟幼清心里以为的答案不同。

他不喜欢沈迦宁吗？为什么会说没有，可他断然不像是喜欢了谁却不敢说出口的个性。

他反问幼清："你那时候就有喜欢的人了？"

出乎意料的是，小丫头居然承认了："对啊。"

江鹤齐接着问："是怎样的人？"

幼清说："长得好看，比电影明星都好看。讲义气，朋友很多，总一帮人围着他。学习成绩也好，在我看来，就没有缺点了。"

"哪有什么都好的人。"江鹤齐莫名语气发酸。

开了一半窗户透气，温柔的晚风携着山泉水般的沁凉包裹了露在被子外面的肌肤。幼清眨着眼睛笑了："他真的什么都好，除了不喜欢我。"

她这样轻松平常的语气，不知道为什么，江鹤齐却赫然感觉受到一记重击。他迫使着自己再问下去："你高中在哪儿念的？"

"祁盛。"

第三章

Chapter Three

/ 再靠近一点点 /

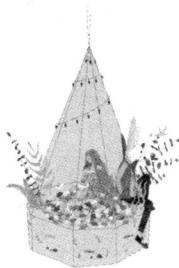

01

从上锦镇回麟城之后，霍斌给幼清打了一次电话。

之前霍斌老担心她的这桩婚事，这次和江鹤齐相处了半天之后，言语中已经放心不少。

大学班级群里，指导老师开始催毕业设计。

今年夏天幼清就要毕业了，这段时间她也异常忙碌，周家爷爷的生日却不得不去。

周斯言早就在一个月前提醒过她，这次必须得回家。

如果她还是周家孙女的话。

说好的，爷爷摆寿宴的前一天回家。偏偏不巧，天下大雨。

幼清独自收拾了东西，拦下一辆车直接去周家。周斯言浑然不知，下班之后开车过来蘅水湾这边守株待兔，一直在等，却不料兔子一直不来。

他在这里等得不耐烦，司机下车撑伞，替他推开车门。他才站定，雨伞四周布满密密麻麻的雨帘。

这时从后方驶过来一辆摩托车，溅起一地的水花。

司机想要替周斯言遮挡都来不及。

冰冷的水珠迎面扑来，周斯言闭了闭眼，眼中压抑着忍耐。

罪魁祸首一脚跨下车身，摘了头盔，整个人都在雨里。一头短发被浸湿，脸上全是水，却高兴得语无伦次，像个傻子。

"你你你……"

麟大音乐系见的那一面，邬奈对幼清的这位哥哥可真是时时刻刻惦念，连在乐队排练时的兴致也没想他时的兴致高。

原本还想着找幼清打听一下他的联系方式，至少把微信或者电话给要来，好问问清楚，小哥哥今年多大了，有没有女朋友呀，打不打算交女朋友啊，你看我怎么样……

邬奈头一回动心，一发不可收拾，跟中了邪似的。

她正在人雨中想要同周斯言叙旧："你好你好，我们之前见过的，你还记得我吗？"

她一腔热血，只为注视眼前这个人。

"我叫邬奈，幼清的朋友……"

周斯言掏出手帕擦了擦脸，脸色沉得可怕。

一旁的司机不断在给邬奈使眼色，让她别说了。

邬奈正要上前，被周斯言乜斜了一眼，莫名心慌。

周斯言看也不看她，回到车内带着火气给幼清打电话："你在哪儿？"

　　"周家啊。我看天要下雨，就早点回来了。你在哪里？"

　　周斯言："……"

　　你给我等着。

　　他难得亲自去接人，这人却不给他面子。

　　幼清对周斯言那边的一切浑然不知，只觉得回了家，却更加不自在。她见过了爷爷，又碰上刚回来的周律。父女俩见面，一个尴尬，一个冷漠。

　　幼清喊了周律一声，周律例行公事般问她在江家过得好不好。

　　幼清敷衍地点头，回了自己房间。关上门，与外界隔绝，她才松了一口气。

　　这里保留着她走之前的样子，没有人动过。房间地处偏院，跟主院之间相隔一道长廊和花圃，当年霍歆与周律之间的感情出现罅隙，恩爱不再，霍歆就带着幼清搬到了这里。

　　幼清的生母霍歆在周家即便称不上一个禁忌，愿意提起她的也没几个，除了替周家打理花圃的老花匠，与霍歆艺趣相投算是忘年交。去年凛冬时节，老花匠也去世了，幼清便再难从他人口中听到有关霍歆的只言片语。

　　幼清出生时，霍歆与周律的感情已经生变，她没看过父亲对母亲好到无微不至的样子，故而常常怀疑老花匠口中所说当年亲密无间恩爱两不疑的故事，是不是他编造的。

老花匠说，周律曾为了霍歆去芭蕾舞团埋伏，送花送甜品送音乐剧门票，使尽浑身解数为博得佳人一笑。

说霍歆生日时，周律恰巧在外地，被周老爷子扣住护照、身份证，他弄了一张绿皮火车的票，颠簸两天两夜到她跟前只为说声生日快乐。

说周律跟情敌打架，命不要了，但霍歆不能不要。说周律为了霍歆流血，为了她把周家闹得天翻地覆，一定要娶她。

霍歆这样背景全无的人，除了周律，周家没人喜欢她。后来，连周律也不喜欢她了，她就失去了可依附之物，逐渐枯萎凋零了。

人心易变，本就不是长久的东西。

霍歆嫁给周律两年后，怀上幼清。在偶然的机会下，她得知外面已经有人给周家生下了长孙，叫斯言，男孩已经三岁多。

她大悲大恸，又能拿周律怎么办呢。无非是自己搬去了偏院，连争取挽留都不曾有。

霍歆这样的女子，看似柔弱，实则要强，再也不会为周律低头。

她将幼清抚养长大成人，如同安排给自己的必须要完成的一项任务。等幼清渐渐地大了，她浅浅松懈，厌世之心越发深刻，积郁成疾。后来，她在浴室里用一把剪刀结束了自己的性命，彻底斩断了与周律的纠缠。

幼清因霍歆的缘故，自幼不讨周家喜欢。她又喜静，不爱去主院蹦跶，跟周家人更加显得生分。她自小不喜欢周家，觉得这个大大的房子其实很压抑。霍歆死后，她回来的次数就越发少了。

周斯言向来看她不顺眼，只有他们两人在的时候，常恶语相向。想必自己搬走之后，他也能自在很多。

可幼清没想到，每次家族聚会或是每逢长辈生日，总是周斯言过来提醒，嘱她回家看看。

幼清有时候觉得，或许是他许久没捉弄她了，心里憋着什么坏主意。

02

周爷爷六十三岁散生，办得不大，但场面也小不了。

周氏集团是文娱产业的龙头老大，旗下艺人众多。

各媒体闻风而动，埋伏在周家附近，虽然进不去，但也能抓拍到不少边角小料。

幼清跟爷爷说了生日快乐，送了礼，就自觉地退到一边去吃东西了。周斯言今晚带着女伴，幼清远远看了几眼，没走过去打扰。

周斯言从昨天起就阴阳怪气的。

昨天幼清下楼时，外面的雨还没停，花圃恒温的环境里种植了许多绣球。她捡了两枝，准备带回房间，就看见周斯言从外面回来。他衣服上有水渍，头发好像也沾湿了。

幼清不明所以，被他瞪了许多眼。

直到今天，周斯言好像也还在生着气没缓过来，关键是幼清根本不知道他在气什么。

周斯言身边的女伴叫许灵，家世也好，虽然远远比不上周家，但比上不足比下有余，相较于一般的女孩，她已经有了与生俱来的优越感。

许灵喜欢周斯言，却不认识周家的二女儿。她挽着周斯言，却见周斯言的目光频频往别人身上拐，心中难免气愤。

顺着周斯言的目光远眺，她看到的是一个穿素色长裙的女孩。美则美，看着却没什么气势。

周斯言跟生意上的人聊了起来，许灵扭着腰肢走到幼清旁边。幼清拿糕点，许灵也拿糕点，不偏不倚，正好抢的是她手中的那一块。

来者不善。

幼清笑了，她虽然素来在周家没有存在感，不讨喜，但除了周斯言，旁人还是第一次敢这样明目张胆地来针对她。

她捏着雪白的瓷盘没有松手，看向许灵："只是一块小点心，那边还有。"

许灵顿时觉得自己被侮辱了，成了一个同别人抢点心的人，上不

了台面。她本以为自己一出手，对方就会相让，谁知道看起来很好欺负的女孩却同她起了争执。

"你们在干什么？"周斯言走过来。

两人不约而同松手，发出一声脆响，瓷盘应声而碎。

声音不大，附近离得近的几个客人看过来。

幼清是陶艺专业的，心疼那个碎了的漂亮盘子，耳边是周斯言的叱责："你丢不丢脸？"

他不过几个字，幼清却像挨了一记耳光，骤然清醒过来，在爷爷的生日宴上同一个外人抢夺一块糕点，说出去是有够丢人的。

服务人员快速赶来清理了污渍，地面马上恢复了整洁，仿佛什么也没发生过。

幼清却抬不起头了。

她自昨晚回霍歆的卧室待了半宿，对这个周家的憎恶就更多了一分，这会儿看向周斯言的目光里那些藏了许多年的情绪已经不加掩饰了。

这个大她四岁的哥哥，是当初刻在霍歆心上的刺啊。

"不好意思，我来晚了。"肩膀被人以不轻不重，却让人觉得不可挣脱的力道揽了过去。

江学长，请回答

在幼清最好的梦里，也没奢望过，有一天替她解围的这个人，会是江鹤齐。

"怎么了，干吗低着头，挨训了？"语气轻松又带着点亲昵，问的人似乎倾注了无限耐心与宠溺。江鹤齐歪着脑袋贴近幼清的脸，打趣她。

即便知道只是做戏，演给别人看的，幼清却无法抵御这样的温柔。他要替她出头，她又何必拒绝他的好意。

"不小心摔了一个盘子。"

江鹤齐理了理她被晚风吹拂到肩上的长发："摔了就摔了。"

"大哥，我堵车来迟了，先带幼清去给爷爷拜寿。"他看向周斯言和许灵淡淡笑道，"待会儿得空了再来和大哥商量商量这个盘子要怎么赔。"

他携着幼清在众人的目光中走远，一张俊脸上似笑非笑的深情让许灵莫名心生忌惮，虽不识他身份，却被那一身气势所慑。

听他叫周斯言大哥，许灵忐忑地问："他是谁呀？"

周斯言避而不谈，只告诉她："刚刚跟你抢盘子的那位，是我妹妹。"他说到末尾那俩叠字时，冰冷的神情分明缓和了一分，连自己也不曾察觉。

小丫头片子，长大了，也有人撑腰了。

03

　　爷爷的这次寿宴，幼清从一开始就没打算同江鹤齐说，不准备麻烦他跑这趟，借口都在心里编好了，就说江鹤齐去外地出差，赶不回来。周斯言说她撒谎成精，一点也不冤枉。

　　却怎么也没料到江鹤齐会凭空出现。

　　周爷爷旁边围着的都是长辈，江鹤齐走进人堆里，向席上的老人祝寿。从小养成刻在骨子里的做派，不卑不亢，仿佛什么都能拿捏得恰到好处。

　　幼清看得出，不仅爷爷，包括她的那些叔伯，都觉得十分满意。

　　至少有江家的排面在，装也得装出十分满意的样子来。

　　幼清与江鹤齐再次寻了一个僻静角落与世无争地填饱肚子，却还是被人寻到，一个豆丁似的扎两个小辫儿的女娃娃扯了扯她的长裙，软声软气地叫她："小堂姑……"

　　幼清并不认识眼前的这个小孩。

　　她有许许多多的叔叔婶婶伯伯伯母之类，有亲的，大多是表亲，她连人都认不全，这些人也不稀罕她。如有楚河汉界，各自在各自的地盘上待着。

　　幼清蹲下来，朝小孩笑道："你是不是认错人啦？带'姑'字好老，不如你叫我姐姐。"

"奶奶说要叫你小堂姑。"这是个听大人话的豆丁儿，大人怎么教，她就怎么学，怎么也不肯改口。

幼清好笑地仰头看江鹤齐："好像捡了个亲戚。"

江鹤齐轻轻弹了弹小孩肉嘟嘟的腮帮，转头瞥见幼清覆着淡淡腮红的脸颊，也伸手过去掐一掐。幼清受到惊吓，瞪他："你干什么？"没有一点威慑力。

江鹤齐松手："好软。别生气，我就试试手感。"

"囡囡，你跑哪儿去了……"穿旗袍的女人过来把小孩牵在手里，如同才看见江氏小夫妻，做出一副惊诧的样子，"幼清哪，真是好久没有看见你了……"

幼清一头雾水，如同孩子叫她小堂姑时一般迷茫。

"这就是江四吧？"江鹤齐在江家排行老四，对方语气熟稔，又露出点长辈对晚辈的威仪。

幼清突然记起，这位似乎是她的几个表姊之一，平素没有往来。如今稀里糊涂被认了亲，她看看身边的江鹤齐，稍微一想，就明白其中缘故。

江家正如日中天，谁不想替自己多铺一条道。

幼清拉了拉江鹤齐的手腕："我刚才贪嘴吃撑了，你陪我去后院走走？"直接打断了来人想要叙旧闲聊的话题。

　　江鹤齐依言跟上，意外地发现，他这个小妻子也不是那么软弱可欺。

　　余光里还能看见那个抱着孙女的表婶面露不悦，江鹤齐问幼清："不怕得罪人？"

　　已经吃饱喝足的幼清因他今晚意外的到来心底生出一丝窃喜，心情正好着，回答得有些孩子气和任性："有你在这里，当然不怕。"

　　江鹤齐笑了，这话怎么就听着让人觉得这么舒坦呢。

　　太顺耳，太……

　　太深刻地觉着，今晚没白跑这一趟。

　　深夜两人回蘅水湾，幼清窝在副驾驶座上打了会儿盹，睡醒时看见江鹤齐的侧颜。他双目注视前方，手搭在方向盘上。

　　幼清问："你困不困，要不我陪你说会儿话？"

　　这个时间点对江鹤齐来说称不上晚，他还精神着，却想听听她的声音。

　　"你说。"

　　"你是怎么知道爷爷今天做寿的？"幼清问。

　　"我妈提醒的。"江妈妈一直致力于拉拢他们夫妻二人的感情，特地让江鹤齐过来献殷勤。

　　江鹤齐反问她："为什么不告诉我？"

江学长，请回答

为什么不告诉你？幼清认真地在心里想了想，因为他们的婚姻如同契约，也只是契约。她的爷爷于他而言，是个陌生人。倘若她和他是真正的夫妻，不分彼此，理所应当，她的至亲就是他的家人。

可他们不是。

连周、江两家所谓的联姻，都是她求来的。

幼清往上提了提搭在身上的毯子，脸庞落在灯光的阴影里："不想太麻烦你。"

江鹤齐舒坦了一晚上的心情，忽然就不那么舒坦了。他找不到症结所在，怎么会轻易被一个小丫头左右了情绪，索性将话题转移："你说，我巴巴赶去给老爷子拜寿，又开这么久的车送你回家，算不算你欠了我的？你是不是得感谢我？"

幼清说："是。"

"那你不得表示表示？"他想到她在读的陶艺专业，脑子里闪过一个念头，恬不知耻地索要，"我要礼物。"

幼清说："好。"

他再三补充叮咛："要你亲手做的，这样才有诚意。"不知怎么，突然就是很想要她的一个杯子。

他说的，幼清全答应了。

04

　　等过了几天，幼清挑了个好天气，外出捡了堆叶子，打算动手做要送给江鹤齐的答谢礼物。

　　麟大寝室里条件有限，不太方便，她就把准备的材料和工具收拾好，一并带去了蘅水湾。

　　正巧江鹤齐昨晚住在这边，一觉睡到中午才起床。幼清一进屋就发现餐桌上放着的许多个大大小小的外卖盒，才送来不久，饭菜冒着腾腾热气。

　　江鹤齐听见开门的动静，叼着牙刷从洗漱间冒出一个头，看见是幼清又缩了回去。

　　三分钟后出来，他坐在餐桌前眼神涣散，头发竖起小小的一撮呆毛。幼清看得有趣，拼命忍住想要帮他把呆毛压下去的冲动。

　　"早……"江鹤齐说话还带着鼻音。

　　"已经中午十二点了。"幼清问，"不用去公司吗？"

　　"昨晚谈了个大单子，给自己放一天假。"

　　"助理大人不催吗？"幼清对江鹤齐身边的一位助理印象深刻，上了点年纪的男人，正直古板，永远不苟言笑，据邬奈的小道消息说，他曾经辅佐过江父。

　　江鹤齐喝了口水："随他催，今天我是自由的。"

　　幼清说："借厨房一用。"

　　江鹤齐耸肩："夫妻共同财产，你随意。"

　　幼清在橱柜里找出一口圆墩墩的粉绿色小锅，崭新的，十分可爱，是江母给他们置办的。

　　"用来煮叶子有点可惜了。"幼清说。

　　"你这是要……"江鹤齐端着碗跟在她身后，有点好奇。

　　"做礼物。"

　　"嗯？"

　　"那天答应送你的答谢礼物呀，现在就做。"

　　做陶杯要用锅吗？江鹤齐满腹疑问，盯着幼清搁在旁边的亚麻布缝成的小袋子，他打开看，里面是一堆大大小小的树叶。

　　幼清说："我动手能力一般，会做的东西不多，就送你自己做的书签好了。"

　　"虽然简陋，"她斟酌着夸自己一句，"但我觉得还是比较漂亮的，你别嫌弃。"

　　江鹤齐到这时才反应过来，她从一开始就没打算给他送杯子。他不知道自己为什么隐隐有失望的感觉，他要什么样贵重的杯子没有，却偏生惦记上了周幼清的。

　　读初中那会儿，非主流横行那一阵，少年少女们手中捧着马克杯相赠，心照不宣，明白那个浪漫的隐喻，一杯子就是一辈子。赵岑宇

和蒋跃都给自己暗恋的女生送过，江鹤齐在旁边不解风情地起哄，觉得实在没意思，吹了声口哨，就拽着书包跳下围墙闪人，恕不奉陪。

现在见鬼了。

时光倒退十年不止，他起了青涩少年的心思。

他朝自己脑门上拍了一记，暗道，想什么呢你。

他草草扒两口饭，扔了碗："书签我也要，礼轻情意重。"说辞都替人家想好了，他都觉得自己贴心。

幼清把小布袋子里头的树叶倒出来。

"你挑一片你最喜欢的，"幼清提醒他，"选叶子脉络比较清晰的那种。"

江鹤齐挑挑拣拣，选中一片菩提树叶。

"接下来怎么做？"他问。

用小锅烧水，幼清说："特别简单，煮叶子。"

往水里加强碱，不一会儿就有一点点刺鼻的气味飘出来，幼清打开厨房的窗户透气。

江鹤齐跟在她身边打转。

读书时的手工课，他从来没认真过，现在看幼清做书签却觉得新奇，总要凑近再凑近，看个究竟。

幼清见他这样看重，反而觉得紧张起来，再三强调："真的就是一枚特别简单的叶脉书签，我送你这个，会不会太敷衍？"

江鹤齐说："我还挺喜欢这种书签的。"

他没哄她开心，讲的是大实话。

说起来，读高三那年，他曾经在篮球场看台的座位上捡到过一枚书签，莫名喜欢。

赵岑宇当时还觉得奇怪，没明白他四哥什么时候对那种小玩意儿感兴趣了。江鹤齐自己也感觉不可思议，就是合眼缘。

那枚书签如今仍夹在他书架上的某本书里。

江鹤齐跟幼清说起这个事。

幼清把叶子捞出来，正在用刷子仔细把叶肉刷掉，无意中说："我以前掉过一枚书签，是用学校的香樟树叶做的，没什么特殊的，但那天立秋，就在书签上写了一句'腐草化为萤'，好做个标记……那其实是我想要送给一个暗恋的学长的，但是始终不敢送出去，后来就不知道掉哪里了。"

"腐草化为萤，有什么寓意吗？"他问。

"那时候正值多愁善感的青春期，心思隐晦又肉麻，大概是想告诉他，立秋到了，遍地腐草化成漫天的萤火虫，像星星坠入人间那样闪耀……他在我心里就是这样的存在。"

叶子呈现出清晰的脉络，处理干净了，只需要晾干了再进行护贝

就好。

　　幼清说："得等个一天，明天我再拿给你。"

　　江鹤齐点头，说："你做的杯子应该跟书签一样好。"

　　幼清正收拾厨房，水龙头哗哗，没太听清："什么？"

　　江鹤齐自觉没趣，他没脸跟幼清讨要一个杯子，憋着不说："没什么。"

　　蒋跃和赵岑宇在群里问他今晚有活动没，叫他今晚出去嗨，他看看幼清的背影，鬼使神差地问她要不要一起去。

　　幼清听闻之后心里惊讶，除了邬奈，她跟他那帮朋友完全不熟，她一直游离于他的圈子之外，没有想过要走进去，现在他却主动提及，这让她有一种他开始在意她的错觉。

　　奈何她已经跟周斯言有约。

　　"抱歉，晚上有点事，就不去了。"

　　05

　　晚上江鹤齐去得迟，他到的时候，芥末街上那家新开的小酒吧已经人满为患。

　　这家的老板是个人精，不知怎么慧眼识珠辨识出了邬奈的身份，死活要请他们乐队过来驻唱，把邬家混世魔王的嗓音夸得天上有地

江学长，请回答

下无。

乐队才弄不久，邬奈正在兴头上，特别禁不起夸。别人夸得那么过分，她自己心里却没点儿数，还以为她那真是把金嗓子，晕乎乎就和老板谈妥了。

她一过来，江鹤齐、赵岑宇他们这帮人不得时常过来捧捧场？老板算盘打得好，这条如同蜀道之难难于上青天的关系不就叫他给攀上了嘛。

江鹤齐听赵岑宇说完个中缘由，笑了笑，仰头看看门口的招牌，简简单单，SMALL WORLD，为你铸造一个小世界。

由于新开张，这几天搞活动，是最热闹的时候。

江鹤齐穿过喧嚣的人群走进去，邬奈大喊了一声四哥，朝他挥手。南边的卡座上都是熟人，江鹤齐一看，发现沈迦宁也在。

他侧了侧头，皱眉问身后的赵岑宇："沈迦宁怎么回事？"

赵岑宇笑得人畜无害："我不知道啊，我可没叫她过来。好像是她下午联系了蒋跃，你知道那小子对沈小姐没什么抵抗力，她要来，就带上她了。"

"奈奈他们乐队在麟大演出那次，她找了过来，也是蒋跃给报的信？"江鹤齐问。

赵岑宇耸耸肩，默认了。

"不对呀，以前怎么没见你这么避讳？"

读高中的时候，沈迦宁也爱凑到他们跟前来，江鹤齐从来都是睁一只眼闭一只眼，只当她是可有可无的一个人，何须劳神费心思管她在不在。

　　江鹤齐说："今时不同往日，你四哥现在是已婚人士了，不能闹出什么误会来。"

　　赵岑宇忽然很想见见周幼清，他那位四嫂。

　　一群人中间只剩沈迦宁旁边还有两个座位，是特地为江鹤齐跟赵岑宇留的。

　　江鹤齐挨着沈迦宁落座，眼睛却是瞧着斜对面的蒋跃。他一个字也没说，蒋跃却心虚起来。

　　沈迦宁主动问他，借着由头搭话："喝点什么？"

　　赵岑宇最有眼力见儿，直接越过沈迦宁，替江鹤齐点了酒。

　　沈迦宁被不尴不尬地晾在了一边。

　　蒋跃趁人不备，把赵岑宇拉了出去，问："你刚才干啥呀？"他是指为难沈迦宁。

　　赵岑宇敲了一下他的头："我和四哥还没找你算账呢！好好的你把沈迦宁带过来做什么！"

　　蒋跃说："她想见四哥。"

　　"那你在中间搭什么线，犯不着，你没见四哥压根不愿意搭理她吗。"赵岑宇忍不住又狠狠地抽了他一下，"你说你是不是脑子缺根筋，她摆明了仗着你对她有那么点意思可劲儿使唤你，你怎么就看不明白？"

赵岑宇点了一根烟，叹气："咱们这帮人里面就数你最笨，光长个子不长脑子，年纪最小的奈奈都比你精明……"

邬奈唱完两首歌就下了台，让别人接班。酒吧老板跟她过来亲自往南边的卡座上送酒。

结果一群人都没少喝。

江鹤齐一晚上似乎心情不怎么好，喝得有点多，后来就醉醺醺的了。

"四哥，这是几？"邬奈在他面前竖起两根手指头摆了个"耶"。

"二。"

邬奈笑嘻嘻，眼有点儿花："错了！这是六！"

赵岑宇把她捞过去："自己醉成这个鬼样了还想考别人。"

邬奈喝高了回家百分之百是要挨骂的，她也还有点意识，嘟囔道："我不回家，我去找四嫂凑合一晚上。"

江鹤齐一直都好奇："你为什么喜欢叫她四嫂？"

"她本来就是嘛。"邬奈说。

"我的意思是……你很喜欢她？"

"那当然，"邬奈随随便便就能数出周幼清许多条讨人喜欢的地方，"她煮的面好吃。"

江鹤齐突然想起上次陪幼清去上锦镇，在霍家吃的那顿饭，她的厨艺确实很好。

他蹂躏邬奈的一头短毛，笑道："没出息的家伙，一碗面就被收买了。不是说要去她那儿凑合一晚上，还不打电话给她……"

邬奈鼻孔朝天，小声嘀咕："我看是你自己想给人家打电话吧。"

沈迦宁不知什么时候也跟了出来。

她分明没有喝多少酒，眼睛却是红的。她被冷落了一晚上，除了蒋跃几乎所有人都对她爱搭不理。众人皆是会看眼色行事的，见江鹤齐不太理睬她，也都抱着观望的态度。连来攀谈的 SMALL WORLD 酒吧老板见眼前的姑娘十分漂亮，也只多看了两眼，没聊一句。

"我不好吗？"沈迦宁拦住江鹤齐之后，问得太过直接，颇有种豁出去的架势。

众人竖起耳朵，个个都抱着吃瓜的心理，一脸八卦地揣测着江家四少爷会如何应对。

江鹤齐目光中带着审视，脸上是带着点笑的，十分认真地反问沈迦宁："你有什么好的？"

沈迦宁只觉得喉头一哽，又听江鹤齐问："你会做书签吗？"

在场十余人皆一头雾水，江鹤齐却飘飘然带着莫名其妙的炫耀姿态说："就那种叶脉书签，薄薄的，小小的，非常漂亮的那种……"

真是的，一枚书签被他夸得要上天入地。

他看着沈迦宁颠三倒四地说："那么好看的书签，你一定没看过吧……你看你连书签都不会做，你有什么好的……"

这是什么强盗逻辑啊。

06

邬奈给幼清打电话时，幼清跟周斯言谈得也快差不多了。

见面的地方是周斯言订的，会员制的咖啡厅，装潢精致，环境清幽。幼清按约定的时间到达，周斯言却因为工作上的事情迟到了整整一个小时。

周斯言以为她会走，本来不抱希望，赶过来时却见她坐在摇曳翠竹前的座位前，百无聊赖地用勺子挖着前面小碟子里的樱花甜品。

一手撑着头，标准的等人姿态。

周斯言大步走过去，在她对面坐下："抱歉，来晚了。"

幼清看到他额头上溢出的细细一层薄汗，忽然压下与他顶嘴的冲动，直接问："你找我出来有什么事？"

周斯言脱下西装外套，松了松领带，喝口水："七月份你就从学

校毕业了，关于以后你有什么打算？"

幼清非常惊讶："你找我就是为了这个？"

周斯言冷着一张脸："我在很认真地问你。我知道你应该没有继续考研的打算，即将面临的将会是就业问题……我想听听你的看法。"

幼清看着他，心中五味陈杂，一时不知该作何感想。

连霍斌都时常混淆，老以为她还在大二大三，周斯言却记得。坐在幼清对面的这个人，是她从小到大除了周律之外最讨厌的人，却是唯一记得她毕业时间的人。这样郑重其事地约见，坐在一起，同她交流她毕业之后的去向。

自幼清记事起，她同周斯言的关系就是争锋相对的。

周斯言的母亲生下他不久后就去世了，他被外公外婆抚养，直到周律与霍歆夫妻二人感情生变，周斯言才被爷爷接回周家。他从懵懂的稚儿到长大成人，从小就知道自己的存在对霍歆母女来说意味着什么。

他的母亲插足了别人的家庭，生下了他。

他小时候就觉得，他那个同父异母很认生很安静的妹妹，矮墩墩长得像洋娃娃、逢人就笑见了他却不笑的周幼清，一定非常非常不喜欢他。

妹妹那么可爱，却不喜欢他。

从来不跟他一起玩，从来不叫他哥哥。

所以，他就装作自己也很嫌弃她好了，这样一来好像就没那么难过了。

"周斯言，我讨厌你。"幼清说。

"我知道。"周斯言一点儿也不觉得意外，他用叉子搅着面前的意面，食不知味地往嘴里送，忙了一天肚子是饿的。

"我也讨厌你。"他说。

他接着又说："我问的是你毕业之后的打算，你还没有回答。"

"有必要向你汇报？"

"我说有必要就有必要。"他霸道起来根本不讲道理，拿手帕擦干净嘴，比她还不耐烦，"不想浪费时间就赶紧交代清楚……"

"我想自己开一间陶艺店，小规模的工作室。"幼清说，"自主创业。"

周斯言想了想，问："你有本钱？"

幼清断然不会向他开口要钱："有。"

周斯言冷哼了一声："做一份具体的规划发我邮箱里，如果可行，就给你投资。"

幼清再次无奈强调："我自己有钱，用不着你投资。"霍歆人不在了，但留了一笔钱给她。

周斯言不耐烦："我钱多烧得慌。"

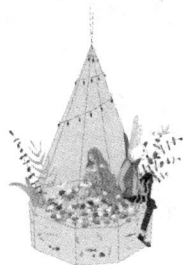

"可那跟我又有什么关系呢？"幼清问他。

她说话时常温言细语，少有情绪泄露，旁人无从窥见她一星半点儿的憎恶与喜乐。她说得这样波澜不惊，却能在人心里砸下一个大坑。

周斯言沉默下来。

幼清起身去洗手间。

出来时在走廊上远远看见了周律，幼清起初以为是自己眼花，站定看了会儿才确定是周律。他同一个陌生女人一道，两人举止亲密地进了电梯。

幼清讽刺地笑了笑。

对于父亲周律，她曾抱有过期待。

后来随着慢慢长大，懂得了他与霍歆之间的种种纠葛，幼清对周律的感情几经变化，随着周律的冷淡而冷漠下来。到了如今，竟连一点芥蒂都被消磨得一干二净。

她曾经甚至差点迁怒到周斯言身上，后来渐知世事，明白周斯言何其无辜。

可周斯言看上去那么讨厌她，所以她也不敢再靠近了。

脑子里乱七八糟地想着以前的事情，幼清按原路走回去，周斯言背对着他，背影看起来有点儿落寞。

"事情谈完了，我走了。"幼清跟他说。

周斯言拿起搭在椅背上的外套，起身："我吃完了，送你回去。"

幼清就是在这时候接到了邬奈的电话。喝醉了的霸王会撒娇："四嫂，我今晚跟你睡好不好呀？我这样回去，我老子会揍我的……你一定要收留我噢……你来接我好不好呀？"

幼清问："你在哪里？"

邬奈说了等同于没说："酒吧。"

"哪个酒吧，把具体地址说一遍。"

江鹤齐在旁边一个字一个字地教脑子当机了的邬奈重复："芥末街，SMALL WORLD。"

"我马上过来。"幼清说，"你喝醉了，不要乱跑哦。"

邬奈在那边使劲点头。

"跟个外人打电话这么温柔……"周斯言听了直皱眉，他结了账出门，不容置疑道，"我知道地方，正好顺路，送你过去。"

幼清和周斯言到达 SMALL WORLD 时，万万没想到门口聚集着一大帮人，似乎专程在等她来。站在最前面的几个人她认识，江鹤齐、赵岑宇，抱着琴叶榕树干的邬奈。

邬奈一看见幼清从车里下来就喊："四嫂！"然后朝她脚步不稳地扑过来，眼看着就到眼前，却拐了个弯，扑向了幼清旁边的周斯言，

"美人儿——"

　　幼清："……"

　　江鹤齐："……"

　　赵岑宇："……"

　　吃瓜群众："……"

　　众人眼睁睁看着邬奈纵身一跃，双手攀住周斯言的脖子，双脚夹在他腰两侧，整个人挂在了他身上，再噘嘴狠狠地亲了他一口。

第四章
Chapter Four

/ 今生慢慢等 /

01

周斯言梦见了自己小时候。

那年他读四年级，有次周家的司机中午因同学聚会被灌得烂醉，放学时间忘记来接。他久等不到，人渐渐都走光了，只剩下与他相隔着两尊大石狮子站立的小幼清也在等。

他们素来与彼此不亲近，明明是等同一辆车，见他站在石狮子左边的一侧，幼清便自觉地站在了校门的右边。

她小小的一只，背着嫩黄嫩黄的书包，书包被撑得鼓鼓的。头上戴着同色的小帽，扎着两根羊角辫。因年纪小，脸上还有一点未完全褪去的婴儿肥。

让人非常有想捏一把她的脸的冲动。

有时候高年级的学生从旁边路过，有女生忍不住拿糖给她吃。但她是不会接的，陌生人的东西她从来不要。

周斯言忍不住想，如果是他递给她糖果，她会不会接受。

江学长，请回答

迟迟不见熟悉的车影子，小幼清左顾右盼，开始有点着急。

周斯言见她慌了，走过去跟她说："李叔可能有事，你跟我一起坐车回家。"

幼清茫然地点点头，跟在他身后。她可能有些害怕，也不敢离周斯言太远，紧紧追着他的脚步。

周斯言突然觉得有点高兴，也放慢了脚步。

他准备在路边拦下一辆出租车，但看着身后的妹妹却想起各种不好的新闻，敏感地觉得自己带她乘坐私家车存在安全隐患，宁愿谨慎地选择带着她去坐公交车。

学校附近的公交车旁，有个老奶奶常年在那儿卖搅搅糖。周斯言自作主张地过去买了一根，见老奶奶拿着两根竹签牵扯上糖浆搅来搅去，成了形，递过来。

周斯言试探着把搅搅糖送到幼清面前，看她接不接。幼清犹豫了一会儿，伸出小手说："谢谢。"

周斯言觉得非常得意，比数学竞赛得了一等奖还要高兴。他正高兴着，面前突然有另外一小孩从天而降，正好落在他身上，他不得已将人接住。

结果被那小孩逮住脖子，猛亲了一口。

周斯言就这么醒了，摸到床头柜上的手机一看，早上七点二十二。去洗手间洗漱，光洁的镜子中映出他的模样。

他清楚地看见了自己脖子上有个一夜过去尚未完全消退的吻痕。

脸顿时黑了。

蘅水湾。

半醒半迷糊的邬奈抱着抱枕从房间里出来去找幼清："四嫂，昨天晚上……"

"你惹事了。"幼清清楚明白地告诉她。

邬奈是喝醉了，但没失忆，能够回忆起自己借着酒劲干出的胆大包天的事儿："我好像亲了你哥一口。"

"是两口。"幼清纠正。

第一下，亲在脸颊上。

第二下，蓄了更大的力，亲在周斯言的侧颈。

如果邬奈脑内还能清楚还原当时的景象，就知道她那与其说是亲，不如说是在周斯言脖子上啃了一记。

邬奈缩在沙发上，埋首在抱枕里激动地号嗨："老子的初吻啊……给得一点也不亏！"

幼清："……"

"四嫂，你哥哥……有交往的人或者是喜欢的人了吗？"

幼清说："不清楚。"

她想了想，实在想象不出周斯言那样的人谈起恋爱来是什么样子，

江学长，
请回答

什么样的人才会和他谈恋爱。

"大概没有吧。但是，奈奈，我不得不提醒你，周斯言这个人难相处，他很讨厌别人碰他……"幼清记得以前听周家的司机偷偷爆料过，初上马术课程时，周斯言因为不与人接触，不愿意教练近他的身，他因此从马背上掉下来摔过几次。

"那我……"邬奈指了指自己，非常后怕，"我酒后强吻他，他怕不是会要杀了我！"

邬奈思来想去，管幼清要了周斯言的联系方式，趴在沙发上绞尽脑汁给他编辑短信，拿出了毕生的文学素养。

"亲爱的周先生，我是邬奈，不知道你还记不记得我。初见时对先生已经倾心，二见你我就有了肌肤之亲，实在是天大的缘分。关于昨晚的吻，是酒精作祟，也是我心之所向。虽有歉意，但并不后悔，邬某人敢作敢当。请问，你何时让我做你女朋友？"

短信发过去，像碎石子落入深潭没有半点回音。

邬奈拿过去给幼清看看，让她指教："周斯言为什么不理我？我的小情书写得不好吗？"

幼清忍笑看完，夸她是个人才："非常好，言辞恳切，意思也表达得很到位。"

"那当然咯，我语文成绩一直很好的，作文常常得高分……"邬

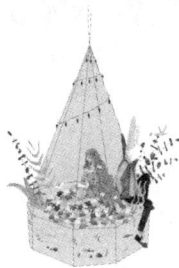

奈喜滋滋，但看着毫无动静的手机，情绪又很快低落下来，最后决定直接给周斯言打电话。

然而，她的手机号码刚才已经被周斯言拉入黑名单中。

邬奈感叹："好绝情啊——"

但是，她不撞南墙是不会回头的。

下午，邬奈就去周氏集团的大楼下蹲点了。

或许是因为运气好，只等了一个多小时，她就看到了周斯言从大门内走出来。

邬奈看准时机，冲过去把人拦住，心里其实紧张得要命，表面上还是一贯的嬉皮笑脸："嘿！"直白又热情，"我发你的短信你没看到吗？怎么也不回我？"

周斯言的眼睛危险地眯起来，在他看来，她这叫"千里送人头"。他本来都快把昨晚的糟心事给忘了的，今天这罪魁祸首却几次三番地来刷存在感。他短信不回，她就直接过来堵人了。

"邬小姐——"

邬奈使劲儿点头，表示自己有在听。

"如果你硬要赔偿我昨晚的精神损失费的话，我可以让律师跟你谈。"

"我……"

邬奈刚张嘴的话立即被他打断："你爷爷如果知道你在外面的所作所为，应该会派人来接你。"

"我的所作所为……"邬奈嚼烂了这几个字，满是疑惑，"我做什么伤天害理的事了吗？"

我只不过是因为喜欢你，又一时举止过分了些。周斯言这几句，让邬奈那颗糙汉子的心疼了疼，她平素大大咧咧惯了，活了二十年大好时光头一回遇见喜欢的人，似乎用错了追人的方法。

"你有喜欢的人了吗？"她还是不肯放弃。

周斯言摇头，不等她露出高兴的表情，就判了人死刑："那也不会喜欢你。"

"没关系，你的不喜欢只是暂时的，我以后还有很长的时间。"她像只打不死的小强。

周斯言打量面前的小女生，她热烈得像一株雨林里向阳生长的葱郁植物，几乎断定："以后也不会喜欢你。"

"话不要说这么满嘛，以后的日子还长，有无限可能呢。"邬奈乐观地说，"方不方便透露一下，你喜欢什么样的呢？"

"喜欢……"周斯言琢磨，回答时一脸严肃颇为认真，"离我远一点的那种。"

邬奈知道他这会儿可能很烦她，距离产生美，她以退为进未尝不可："那好吧，我最近都离你远一点，我要跟四嫂去毕业旅行了，你暂时

也不用被我烦了。"

"周幼清的毕业旅行？"

"对啊。"

"你跟她一起？"

"我现在课又不多，闲着也是闲着，陪她去多好，有我做伴不寂寞。"邬奈趁机掰手指数了一波自己的优点，"打得了流氓，拎得了行李箱，任劳任怨，贤惠善良。"

周斯言说："每天给我报备。"

"嗯？"

"你们每到一个地方，落地给我发信息，让我知道。"

这是允许她每天都联系他的意思吗？邬奈心里咆哮，手机被周斯言拿过去，利落地与她互加为微信好友。

刚才还冷脸拒绝呢，变脸不要太快。

不管怎样，邬奈还是觉得自己赚了，不管他说什么，先答应就对了，还信誓旦旦地保证："放心！我会照顾好我四嫂的！"

又想到面前这位，是她四嫂的哥哥。

那她是否也可以，称呼他更亲切些。

邬奈向他敬了一个标准的少先队员的队礼："保证完成任务，哥哥！"

周斯言一怔，眼前这个眉开眼笑的孩子似乎与梦境中出现的孩童重合在一起了。

这么多年来，他没等到他既讨厌又喜欢的妹妹心甘情愿地叫他哥哥，半道却被个小流氓占了口头便宜。

甚至不只是口头，昨晚，小流氓亲他亲得那叫一个实在。

他脖子上现在还有印记。

02

幼清的毕业旅行走得不远，计划着去的几个景点都在麟城附近的省份。原本在大二大三时就跟她一起约定好同行的两个室友都因为各种各样的原因缺席了，最后的伙伴成了邬奈。

两个性格迥异的女孩意外相处得很好，这一趟玩得尽兴。

每到达一处地方，邬奈就给周斯言报平安，扯些有的没的，说今天天气好，就是太阳有点晒人，我很好，四嫂也好，大家都好着呢。

这边微信刚发过去，"叮咚"一声，又冒出个红点来，来自江鹤齐。

邬奈心野，眼睛忙着看风景，把给周斯言发的话，复制一遍，完完整整粘贴到对话框里，原模原样再发给江鹤齐。

给这个报备完，还得给那个报备，她忙得很。

前几天还好，耐心值没耗尽，后几天玩得嗨了，邬奈哪还管麟城

那两个盼星星盼月亮的大男人。

周斯言毕竟是她喜欢的人，人还没追到手，自然得小心供着。

可江鹤齐不同啊，从小到大的四哥，天生注定的缘分总不会散，太熟了管他乐意不乐意，高兴不高兴，邬奈干脆懒得理他了。

江鹤齐主动来问她，说这两天怎么没动静。

邬奈一时胆大，仗着现在相隔两地也逮不到人，说你烦不烦啊，气得江鹤齐直咬牙。

邬奈反问他，四哥，你的立场是什么，你这么不放心，是担心我呢还是担心四嫂。

江鹤齐回，我是撞邪了才会担心你。

邬奈说，既然是担心四嫂，那你的立场又是什么？

江鹤齐说，你都叫她四嫂了，他是我妻子，我是他丈夫，光明正大领过结婚证的，你说我的立场是什么？

邬奈铁了心要气他，说，可是我瞧着你们俩实在太生分了，夫妻关系有名无实呀。

她的那杆秤早已经向幼清倾斜，说，出来这些天我看四嫂从来没提过你，真替你担心！

江鹤齐说，你要是想死就直说。

邬奈还不想死，但她得刺激刺激她四哥，替小夫妻俩助攻。她以前问幼清，你喜不喜欢我四哥，幼清说没什么感觉。现在她又来做江鹤齐的感情导师。

她问江鹤齐，你爱不爱周幼清。

一棒子敲在江鹤齐头上。

麟城。

江鹤齐今晚回江家大宅住，仰躺在床上摔了手机，只觉得烦得很。至于在烦什么，他思索了半夜没结果，答案仿佛就在咫尺之间，面前却像有一张穿不透的薄膜阻隔。

他想起幼清，想起他们相处的为数不多的几个亲密瞬间。

关于爱不爱的问题，江鹤齐想不透彻，问狗头军师赵岑宇，那孙子不接电话。

最后问到了蒋跃身上。

他们这群人都知道，读高中那会儿，蒋跃发了疯似的喜欢上沈迦宁，现在还喜不喜欢也未可知。当年因为蒋跃的缘故，他们走哪儿都不忘捎上沈迦宁，大家默认了她的存在。

曾经的一场元旦文艺会演上，蒋跃还精心策划过一场惊喜——钢琴伴奏者不勒斯。

可惜当天蒋跃拉肚子，只好求着江鹤齐顶上，沈迦宁一直以为不勒斯就是江鹤齐。

为了沈迦宁，蒋跃差点跟江鹤齐闹掰过。但他那纯粹属于自己无

理取闹，沈迦宁朝江鹤齐暗送秋波，江鹤齐视而不见，两人根本成不了。

后来，蒋跃觉得自己理亏，又过来道歉。

谁还没求而不得的时候。

江鹤齐以前桀骜跋扈，打心底里觉得自己不会有这种时候，二十多年来没动过真心，如今算怎么回事，被邬奈一句话问倒，脑子里挥之不去的全是周幼清的模样。

她怕不是给他施了咒。

江鹤齐得找个人陪他一起不痛快，专往人心里捅，劈头盖脸地问蒋跃："老跃，你喜欢了沈迦宁那么久，喜欢是种什么样的感觉？"

蒋跃被他吓得睡意全无："四哥，当年的事我不是已经跟你认过错了吗，都翻篇了啊，你怎么还提呢……"怎么大半夜的还要拿出来恐吓他？

蒋跃又絮絮叨叨地说："咱们可是上幼儿园那会儿就认识了，大家都是兄弟，要相互理解的，你不能老抓着我曾经的错误不放……我不该嫉妒你的……沈迦宁读完高三飞国外，我都没怎么跟她联系了……"

什么乱七八糟的。

江鹤齐不耐烦："我问你喜欢一个人是怎样的感觉！"问完觉得真矫情，一抹嘴，把手机扔了。

蒋跃一头雾水，也更加心慌意乱，疯狂找赵岑宇吐槽发微信，说四哥可能要和他断绝兄弟关系了。

03

幼清的毕业旅行结束，两人坐飞机飞回麟城。刚落地，邬奈就给周斯言报备发微信："我们平安回来啦。"

幼清开玩笑地问："你这些天老捧着手机跟人聊天，是不是谈恋爱了？前阵子不是还中意周斯言吗，小姑娘变心真快啊。"

邬奈得意道："跟我聊的就是他！"

这倒是让幼清很意外，周斯言那个工作狂怎么会破天荒跟邬奈搅和到一块儿去。

"你小心他喔。"幼清再次提醒她。

"被我盯上，是他要小心咯。"邬奈说。

两人在机场分别，邬奈得回家了，幼清原本计划回麟大寝室，被江鹤齐一个电话叫回去，说有事情和她商量。

幼清只好叫出租车司机改道去了蘅水湾。

在抵达小区之前要经过一条小街，幼清眼睛一直望着窗外，突然叫了声"停车"。

对面杂货铺前绿树繁茂，门口摆着一台老式的大型游戏机，坐在

塑料板凳前的男人操控着手柄在游戏里大杀四方，旁边有几个小学生在紧张围观。

看得幼清哭笑不得。

她付了钱，对司机说："就到这里好了。"

司机说："前面就是蘅水湾……"

"我知道，只有几步路了，待会儿自己走回去就好。"

幼清把行李箱从车子后备厢搬出来，拖着走到杂货铺门口，前面的人对她的到来似乎毫无察觉。

一盘游戏结束，几个男孩目光崇拜叽叽喳喳吵着要认师父。

江鹤齐站起来，就像个孩子王，带着傲气说："想当我徒弟你们还嫩了点儿。"

这大概又是幼清以前没有看见过的一面。

她耐心等着，等他发现她。

倒是其中一个男孩先注意到幼清，觉得眼前的姐姐漂亮，眼也不眨地盯着，也忘了继续央求着要拜师。

江鹤齐转头发现幼清，朝她一笑："回来啦。还以为你还得半小时，机场那条路不是天天堵吗？"

幼清说："可能我运气好。"

江鹤齐让了位，男孩们也不争先恐后地抢着打游戏了，清一色标准仰头姿势，围观眼前的一男一女。

"师父，你女朋友吗？"穿蓝衣服的问江鹤齐。

江鹤齐撇开他们："谁是你师父，别乱叫。"

他气势十足地接过幼清手中的行李箱，炫耀似的说："媳妇儿，咱们回家！"

幼清跟上去，这个人幼稚起来也好可爱。

喜欢他的时候，他怎么样都是好的。

江鹤齐问："这次玩得怎么样？"

"还可以。"幼清出行前做了攻略，都派上用场，加上邬奈确实是个会玩的，有她在省了不少力，"邬奈很靠谱。"

"这话也就你敢说，那小丫头坑人的时候多。"

两人闲聊着往蘅水湾走。

江鹤齐肚里空空："饿了，我们买点菜回家自己做饭吃吧？"

他又想到旅途奔波，幼清刚回来，可能累得全身骨头都要散架，改口道："算了，还是在外边吃好了。"

他笑了笑，问她："你想吃什么？带你去。"

幼清受不了他这样的笑，不见面时对他尚且还有一点抵御能力，现在却根本不想拒绝他的任何要求。

"周末外面人多也挤。"幼清说，"走，去买菜吧。"

蘅水湾小区里配备有果蔬市场，两人进去逛了逛。江鹤齐头一次来觉得新鲜，看见顺眼的小菜一把一把地往购物车里放。买太多根本吃不完，幼清只好又一样样放回去，只留下些他真正喜欢的，心里拟好了菜单。

"不是说有事情要跟我商量吗？"幼清想起在机场接到他的那通电话。

江鹤齐推着购物车在过道上转悠："回去了坐下来再好好谈。"

听他的语气，似乎还不是小事。

于是，饭后两人隔着餐桌正襟危坐，幼清开始紧张："你说吧。"

江鹤齐说："你马上就要毕业了……"又顿了顿，"离开学校之后，肯定要找住处……"

幼清耐心地等待他说完，放在膝盖上的手攥紧了，一颗心好像在不断地往下沉。

江鹤齐话锋一转："我希望你能够搬到蘅水湾来，住在这边。我们是法律上的夫妻，但我无权干涉你的生活，只是仍然希望你可以考虑一下我的建议。"

半晌，幼清才从他的话中回过神来。

情绪起伏不定，被人拿捏，心酸着又高兴着，暗含期待又怕最后期待落空了。

江学长，请回答

她坐在他的对面，相隔着餐桌，不过几十厘米的距离。稍微倾身过去就能抓住他的手，可她心防脆弱来不及伪装时，连抬头看他一眼都需要勇气。

江鹤齐并不明白她心里的百转千回，方才轻松闲适合谈话的气氛消散得无影无踪，他以为是自己贸然提出的要求让幼清觉得太过分，又想想自己之前的行径，每个月来蘅水湾住的日子屈指可数，又怎么好来要求她。

他保证道："之后我也会住在这边，你不会是一个人。"

"为什么？"幼清问，尾音里带着一丝不易察觉的颤抖。

"江太后以后会经常过来查房，"江鹤齐叹了口气，"不知道哪个不要命的在太后面前说漏了嘴，说咱们俩感情不好。她不放心，你出去旅游这阵，把我叫回去问了无数遍……"

原来是这样。

也算替幼清解了惑。

江鹤齐的生母叫陆蔷，保养得好，一点也不显老。富贵闲人一个，最大的执念大概是抱孙子。

江鹤齐想要打消幼清的各种顾虑："如果这边离你之后工作的地点很远，上下班我可以接送你，或者到时候再另作打算。你看如何？有什么要求你尽管提。"

怎么会拒绝。

怎么能拒绝。

幼清想，她这辈子陷入名叫江鹤齐的深潭中无法自拔。他说什么，她自然都是依着他的。

"不用了，"她几乎带着纵容的口吻，抬起头来，微笑着对他说，"我没有任何要求。"又补充了一句，"后天就回学校寝室搬东西。"

当晚，江鹤齐又接到太后的电话。

陆蕾闲来无事也有反思，觉得最近老揪着儿子打听他的感情问题确实不太妥，怕儿子一气之下索性不回家了，语气斟酌小心："你爸嫌我烦，你估计也嫌我烦，你和幼清小两口的事我还是不管了，我老像个宿管阿姨一样来查你们房确实不合适……随你们去，我跟一个姐们出去旅游去……"想了想又还是记挂，"你们俩好好处，你别欺负人家。"

江鹤齐心情好："您尽管来，敞开大门欢迎您。"

太后要是一次都不来，他不得在幼清面前穿帮。

04

又到毕业季，麟大校园里拉起了各种横幅，"祝福毕业生们扬帆起航""从此天高任鸟飞，海阔凭鱼跃""今天你以母校为荣，明天

江学长，请回答

母校以你为荣"。各处十分热闹，快递点最忙碌，毕业生陆续把行李打包寄回老家。

幼清跟毕业设计指导老师见完面，一出大楼只觉得热浪扑面，今天的日光太灼人。

她从包里掏出太阳伞撑开，匆匆往寝室楼走。江鹤齐刚才给她发了短信，说已经到了麟大，在等她。

是他非要过来帮她搬东西的。

女生寝室楼下的地上散了大堆的书，砌起来像座小山。有的课本太重了，出了校门这辈子不会再翻看，就这样便宜卖了。两个男人在称重，论斤算钱。几个女生洗了被单，在旁边的草坪里牵根绳绑在两棵玉兰树上，晒床上三件套。

来来往往的人，下课回来的，准备去上课的，去食堂的，但凡从这条路上经过的，都不约而同被停在路边的跑车和站在树下抽烟的男人吸引了目光。

幼清远远就看见了，远远就认出来。抬眸望过去，阳光刺眼，映在眼眶里的人影却仿佛是柔和的。

——他在等她。

高中时偷偷觊觎的，可望而不可即的，如今送至眼前来。

幼清的脸被太阳伞遮去大半，伞下露出尖尖的下颌。江鹤齐将烟

碾灭等着她过来，树上的蝉聒噪地叫着。

"等很久了吗？"幼清问。

江鹤齐不在意地说："刚来。"

"跟老师多聊了几句，没注意到时间，也没能及时回复你的消息，对不起……"幼清努力想解释清楚缘由，连语速都比平常快了不少。

外面燥热，江鹤齐看她额头上冒着薄薄的汗珠，笑道："慢点说别着急，没怪你。"

幼清脸发烫，转换了个话题，问他："你热不热？"她手上拿着刚走路上别人发的宣传单，折成了小扇子，说话时不忘给江鹤齐扇两下。

风力小得可怜，带不来多少凉意，江鹤齐却感觉心像被猫爪子给轻轻挠了一下，从车上拿了瓶水拧开给她。

幼清说了声谢谢，仰头喝水，太阳伞被江鹤齐接过去。

两人身高差显著，伞面形成一个倾斜的坡度。

幼清跟宿管阿姨打过招呼，江鹤齐登记了个人信息就与她一同进了女生寝室楼。

楼梯上走几步就能碰见正在费力搬行李的女生，大多是两两协作，合力抬着大型的编织袋步履艰难地往前走，个个累得大汗淋漓，妆快花了。也有找男生过来搭把手的，自己轻松拎着个小箱子。

江学长，请回答

　　幼清以前属于前者，高三换过一次教学楼，大二换过一次寝室，她全一个人应付过来，累死累活的时候羡慕过后者，现在她成了后者，身边站着江鹤齐。

　　寝室其他三位室友回学校参加答辩，恰巧都在。幼清带江鹤齐进去搬东西，提前跟她们知会过一声。

　　麟大陶艺专业女多男少，几个室友全单身，听闻过来帮幼清当苦力的同志性别为男，兴致勃勃地打听起两人的关系。

　　寝室长拷问幼清："你朋友？"

　　幼清摇头。

　　寝室长继续问："你的追求者？"

　　幼清摇头。

　　寝室长表情狰狞："难道已经是你男朋友了？你脱单了？"

　　幼清还是摇头，平静地说："我跟他已经领证了。"

　　她这么说，对面三人哈哈大笑，反倒不相信了。

　　寝室长跟幼清算了算，大学四年追过幼清的那些男同学，三个体育系的，两个计算机系的，一个音乐系的，其中不乏有容貌出众家底殷实的。如论对方如何出招，幼清都没接过人家手里的早餐，不给丝毫机会，连暧昧也不曾有。

　　寝室长说，大姑娘美则美，不解风情，适合去青城山当尼姑。

　　心如止水的一个人，连男朋友都没有，突然就有老公了。

怎么可能呢。

虽然不信，室友们对江鹤齐仍保留有十万分的好奇心，事先把各自挂在床头的毛巾内衣藏起来，散乱在桌上的零碎物件收一收。等这个星期过完大家就各奔东西，现下都忙着打包收拾行李，本来该是寝室最乱的时候，却被她们打理得一室整洁。

幼清一进门，里面仨脑袋齐齐扭头。

看的不是幼清，是她后面的江鹤齐。

看完，大家的反应出奇的一致，就是不太敢看第二眼。心里揣度，这会不会是电视上哪个大明星，帅得不像普通人。

幼清替室友们和江鹤齐相互介绍了一下，大家都客气着。

江鹤齐帮幼清把要带走的书整齐码放在硬纸壳箱里，室友们也各有各的忙，寝室里莫名地安静下来。

"我先把这箱书搬车上去。"江鹤齐说。

幼清的其他行李并不算多，只是大学四年积累下来网购了不少书籍。书太重，得分几趟搬走。

江鹤齐扛着箱子出门，大家立即围过来像被解除了禁言，七嘴八舌拷问幼清，"你俩什么时候认识的""什么时候谈恋爱的""什么时候结婚的""他是不是追了你很久，是不是很爱你"……

幼清被缠得没办法了，说高中认识的，没有谈恋爱，去年领的证。

渐渐地，她的口吻变得无奈，他没有追过我，我很爱他。

江学长，请回答

室友们似信非信，还要继续闹，寝室门从外面被推开，江鹤齐回来了。刹那安静，为了掩饰尴尬，大家又故作轻松地生硬转移话题，聊起了正在热播的某宫斗大戏。

最后，幼清的东西搬得差不多了，她从今晚起就不在寝室住了，床铺和书桌已经变得空荡荡，大家心里忽然生出了一点离愁别绪，都不太舍得。

江鹤齐提出请她们一起吃顿饭。

可以蹭饭，几个人又高高兴兴地应了。

准备出门，幼清从衣柜里拿出一个小木匣子抱在怀里，方才所有的行李被江鹤齐搬走了，只剩下这个她没拿出来。

江鹤齐顺手要从她手中接过，谁料她拒绝了："这个不重，我自己来。"

江鹤齐打量这个物件，有些旧了，木质的，像老式的妆奁。他见她神态紧张，故意逗她："让我看看里面装着什么。"

"不能看的。"明明上面挂着小铜锁，知道他打不开，幼清还是提心吊胆的。

"这么宝贝？"

"嗯。"

"我拿东西跟你换。"

"千金不换。"

幼清警觉地拿走江鹤齐的车钥匙，开了车门，把匣子放在副驾驶座上，才跟他们一起去吃饭。

麟大校园里就有不错的餐馆。其中有个饕餮楼，一楼菜品多味道好，广受欢迎，二楼菜品精致价格高出一倍，情侣约会才去，三楼消费最高，去的人寥寥。

几个女生一致选择了饕餮楼三楼。

风风火火走过去，一口气上三楼，终于登顶了一回。

点了独家酿造的青梅酒，女生也能喝。

菜陆续上桌，先还矜持着，后来大快朵颐顾不上形象，都吃得尽兴，偶尔聊几句，也不刻意。一顿饭的时间下来，大家终于能放得开点儿了，敢大大方方地看江鹤齐了。

幼清不小心碰倒了手边的酒杯，沾湿衣角，她起身去洗手间整理。

寝室长对江鹤齐说："幼清说她结婚了，我之前还不信，现在信了，你这样出众的人配她刚刚好。她是个好姑娘，你不要辜负她。"

幼清从洗手间出来，见江鹤齐抬眸望过来看着她。她不明所以，只好回以他淡淡的微笑。

这些天他们相处得太好了，有些亲密了，又或许是青梅酒让她的

江学长，
请回答

大脑放松了，她步子轻快地走过去，问他："怎么啦？"

脸上晕开淡淡的红。

眼睛里只有他。

江鹤齐的心像蓦然陷入柔软的云朵里，忘记了呼吸。

第五章
Chapter Five

/ 我有一腔孤勇 /

江学长，请回答

01

幼清刚从麟大毕业，还在麟大的邬奈就出了岔子。

邬奈跟班上的一个男生打架，差点把人打哭了。对方人微胖，戴金色框眼镜，人赐外号"元宝哥"。

临近一学期的尾声，大家都在忙着备考的时候，元宝哥跟邬奈在图书馆前的东大道上偶遇，一言不合开始动手，于是掀起了这次的风波。

这事儿说大不大，两人没伤筋动骨，只有皮外伤，尚且平安。说小也不小，东大道上人来人往，他们公然滋事，给同学们和学校造成了恶劣的影响。

系主任说了，必须叫家长！

元宝哥是外地的，家和麟城之间隔了大半个中国，父母均在外打工，过来一趟十分不容易。他肠子都悔青了，满脸汗珠跟系主任求情，发誓以后再也不犯。

相较于元宝哥，邬奈显得淡定很多，靠着白墙站着，一脸"老子

无所畏惧"的模样，其实心里也慌。她是麟城本地人，一个电话，她爸两小时之内能拎着竹鞭出现在办公室里，打得她嗷嗷叫。所以这个电话不能打给家里。

邬奈第一反应是找江鹤齐，从小到大他没少帮她收拾烂摊子。

办公室一头一尾两扇门敞开，系主任嗓门大，训话的声音响彻整个走廊。旁边就是楼梯间，路过的人不少，不由自主就会往里面张望一眼。

邬奈脸皮厚，主任说："你是不是还觉得很光荣？我看你没有一点要反思悔过的心理！"

为了避开飞来的唾沫星子，邬奈侧了侧头，眼睛看向外面走廊，跟一人四目相对。

邬奈："……"

周斯言："……"

周斯言过来是因为陶艺专业的陶教授，对方担任了幼清大学四年的班主任。从幼清大一时开始，周斯言每学期必定和陶教授见一面，请人吃饭或是看展。如今幼清顺利毕业了，周斯言安排好谢师宴，吃完了还亲自送人回来。

"你……你怎么在这里？"邬奈惊讶到结巴。

周斯言避而不答，反问她："你干什么了？"

邬奈㞞了，往后缩了缩，撞到墙。

周斯言皱眉，面前的女孩一头短发乱飞，成了鸡窝，嘴角隐隐有瘀青，衣服皱巴巴地挂在身上。

邬奈又凶又猛，元宝哥跟她打架的时候没觉得她是个女的，男生和男生怎么挥拳头打架的，他俩就是怎么打的，所以两个人都很狼狈。只不过邬奈是打小就被她爸爸和爷爷指点过的，揍人有技巧，打在元宝哥身上钻心疼痛。

系主任见周斯言气势凛然，一身正装十分讲究，迎上来说："你是？"

周斯言向来不爱管闲事，但见邬奈战战兢兢望着自己，莫名心软："邬奈的家长。"

这时，邬奈反应贼快，迅速接话："对！他是我哥！"

有家长来了，系主任把事情从头到尾说了一遍。周斯言扭头看元宝哥，元宝哥害怕地低着头，一句话不敢说。

"为什么打架？"周斯言问邬奈。

刚才系主任好说歹说，问了许多遍，关于两人为什么打架，起冲突的源头，硬是没问出来。

两个当事人都守口如瓶，不肯交代。

"你说不说？"周斯言逼问，邬奈仍旧摇头。

"那我走了，你叫你爸过来。"周斯言扬手看表，作势要走。但实际上还是狠不下心，说这句话只是想吓唬她。

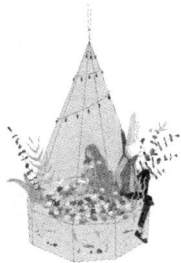

谁知邬奈倔得狠，死咬着下唇："不说就是不说。"

周斯言冷笑："脾气这么大，我可当不起你家长。"这下是真不想管了，他没有这个义务，才抬脚，衣服被人抓住。

邬奈就这样拽着他，但一个字不肯说。

乱七八糟的头发几乎把红通通的眼睛遮住，半晌，她终于认错："打架是我不对。"

直到周斯言把邬奈从办公室带走，关于她和元宝哥起冲突的缘由也还是没交代清楚，邬奈只是承认她错了，不该打架。

周斯言跟她一同去医务室，邬奈用手抓了抓头发："你是不是很忙，你先走吧。"

她看看光鲜瞩目的他，自尊心开始作祟。虽然眼前没镜子可以照，但猜也知道她现在是副什么鬼样子。她虽然脸皮厚，但也要面子的，何况她喜欢他。

"刚利用完就想赶我走？"周斯言停下来。

邬奈垂头丧气："我现在配不上你。"

周斯言："……"

"你之前也配不上。"他说话刻薄从不口下留情。

"以后会配得上的！"邬奈见招拆招，似乎没被打击到，瞬间血量又加满了一格，"今天真的谢谢你。"

"你真的不用陪我去医务室了……"邬奈努力想要说服他，"你跟我一块儿走，我怕给你丢脸。"

周斯言看到前方医务室的标牌，不跟她多废话，直接拽着人往前，邬奈像是被他拎在手里。

"等一下啊！"她哇哇大叫，"你好歹让我整理一下头发啊浑蛋！"

周斯言停下脚步松开手，声音危险："你说什么？"

邬奈识趣地闭嘴了。她拍拍身上的衣服，从裤兜里摸出一个黑色的橡皮筋，用手当梳子快速地捋了捋头发，能扎成一个小揪揪，至少看上去没那么乱了。

但她扎头发技术不行，又没有镜子可以照，只能算是勉勉强强。

周斯言点开手机相机，举到她面前。

邬奈赫然在手机屏上看见自己的脸，吓了一跳，周斯言说："扯了重新扎。"

"哦。"

邬奈这下老老实实的，对着手机屏，重新扯散了头发开始弄。她不断地用眼角余光偷瞄周斯言，见他一本正经地给自己举着手机，心里又酸又甜，突然开口说："元宝哥说我不男不女……"

关于为什么打架，在这一刻忍不住对他和盘托出。

这事儿牵扯了好几个人，人物关系还颇为复杂。

乐队里面的架子鼓手叫肖远，和邬奈关系处得不错，两人平常称

兄道弟，还勾肩搭背。虽然对方性别为男，邬奈是在男孩堆里长大的，也没觉得有什么不妥。

只是看在别人眼里就有了猫腻。

肖远有个青梅竹马，两人也是真的有缘，大学还都考进了麟大。肖远只把那女生当朋友，女生却喜欢肖远，经常在乐队排练的时候会过来送奶茶。可能见多了邬奈跟肖远之间打打闹闹，心里不是滋味。

女生还有个男闺蜜，就是元宝哥，在元宝哥面前没少吐槽，言语间自然而然把战火引到了邬奈身上。

说邬奈这人最爱跟男生混，长得精致似男非女的，一头利落的短发，加上平时穿着打扮偏中性，还受女生欢迎，乐队演出时现场有一半女粉是她的，喊着"啊啊啊，邬奈，我爱你，我要嫁给你"。你说她到底是男还是女呢。

恰巧元宝哥跟邬奈同班，元宝哥便不给邬奈好脸色看，白眼对她。可惜邬家小霸王每次上课来去匆匆，从未把他放在眼里，连他的名字也没记住，大概看见那张脸的时候会觉得眼熟，知道是班上的某个同学。

元宝哥越发生气，觉得这个人果然很有问题。

怨气积攒已久，今天在东大道上迎面碰见，元宝哥不知道怎么脑子一抽，就把那句"不男不女"说出了口。

紧接着，邬奈的拳头就挥过来了。

"别人故意拿来恶心你的，不要放在心上。"周斯言说。

邬奈得了他一句安慰，心里美滋滋的，但还要得寸进尺故作可怜："你说我像不像女生？"

"你本来就是。"

"那你会喜欢我这样的女生吗？"又是套路。

可惜装得再可怜，周斯言也不按她的套路出牌："不喜欢。"

"你已经说过很多次不喜欢了，"邬奈仰着脑袋看她，嘴角瘀青顺着光越加明显，"就不能违心说一次喜欢吗？"

小姑娘是真的难缠，周斯言被烦得头疼。

他伸手在她的瘀青上惩罚似的摁了一下，邬奈"嘶"的一声，什么旖念都不翼而飞。

02

邬奈把周斯言的恶劣行径告诉幼清时，幼清正在和江鹤齐冷战，抑或是说，江鹤齐单方面冷着她。幼清才搬来蘅水湾没几天，她本着一颗要和江鹤齐好好相处的心，但没想到他生她的气了。

而幼清还没弄明白他为什么要生气。

她之前在干杯陶艺吧兼职，跟店里几个来打零工的渐渐混熟了。大家都是陶艺爱好者，几个月前就约定好要去陶乡榕县学习一阵，出

发的时间就在明天。

今天下午，幼清提前收拾好东西，把整理好的行李箱放在玄关。江鹤齐正好在家，睡完午觉从房间出来，揉着眼睛，人还有点稚气懵懂，问她："你拎箱子干什么？"

幼清说："我明天要去榕县学习……"

"跟谁？"

"几个同好，都是在陶艺吧认识的。"

"男的女的？"他毫不客气地问，残余的睡意从他眼睛里消退干净，眸光徒然锋利起来。

幼清沉默片刻，仍好声好气地告诉他："包括我在内，四男五女。"

"是不是我不问你，你就不打算跟我说？"

两人说话的时候站得太近了，让幼清觉得有压迫感，她向旁边错开一步，被江鹤齐拉住手腕。他指间用的力道很大，她手腕瞬间通红。

"我准备走的时候再告诉你。"幼清不再动，只好任由他去。

"为什么不提前告诉我？"

"我要怎么提前告诉你呢？"幼清的眼神透露出一丝迷茫，不明白他为什么突然发难。

她跟别人在几个月前就已经约定好，而那时候，她和他的交集还那么少，直到今天，也仅仅止步于"同居者"，要是她特意把自己的行程报备给他，这才奇怪吧。

她倒是想跟他说，他会乐意听吗。

她和他对彼此的生活都不过问，向来如此。

江鹤齐阴沉着脸，仿佛乌云压顶。过了好一会儿，他终于松开幼清，疾步上楼进房间换了一身正装出来，看样子是要出门。

"你去哪儿？"幼清忍不住问。

"公司。"

"今天不是周末吗？"

"加班。"

"噢，"她点点头，"那你走吧。"

江鹤齐刚退下去一点的火气又噌地冒上来，甩门甩得格外响。

他肯定不会再回来吃晚饭，幼清懒散地窝在沙发上想了想自己一个人要吃点什么，煮粥或者下饺子都可以。她拿 iPad 刷了会儿剧，中午没有休息，没过多久就开始犯困，伴着剧中低沉的英文对白睡着了。

醒来时外面天已经黑了，屋内暗沉沉的，旁边矮柜上的加湿器喷着细雾，发出轻微的声响。

她怔怔的，一时思绪无法回笼，整个人像被巨大的孤寂包围了。坐了许久，她才回过神来，去开灯，进厨房煮粥。

锅里的水咕咕冒泡，她又不禁孩子气地想，江鹤齐这个骗子，说好了她搬过来以后他会跟她一起生活的，却还是动不动就把她落下了。

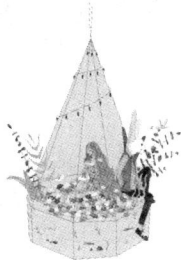

手机"叮咚叮咚"响个不停，有人刚刚建了个陶艺小组的群，把幼清拉了进去。都是年轻人，比较活跃，想想明天出发去榕县兴奋不已，七嘴八舌地在群里聊开了。

　　幼清搅着碗里的粥，看他们聊天，偶尔说两句。

　　不知不觉就快要到十二点钟，因为明天要早起赶车，大家说了句晚安早点儿睡就纷纷下线。

　　因傍晚那一觉，幼清现在丝毫不觉得困，也没回房间，继续待在一楼客厅里，百无聊赖地等江鹤齐回来，随手拿起本杂志翻了翻。

　　时间走到凌晨一点时，幼清大概知道江鹤齐今晚不会回来了，她洗完澡躺在床上酝酿睡意，开始默默数羊。

　　三分钟后，数羊催眠自己失败。她想起白天江鹤齐似乎很不高兴自己去榕县的事没有提前跟他说，于是带着一点讨好的心思给他发短信。

　　幼清："睡了吗？"

　　许久没有回复。

　　但这对幼清来说连打击都算不上，从高中时候起，她就习惯了他的没有回应。如同一个人自娱自乐，她接着给他发："还在生气吗？"

　　虽然她不觉有什么好生气的，但还是哄他："别气了。"

　　有什么办法呢，他和她之间，他一向是被偏爱的那一个，她在无形之中和细微之处宠他纵容他。

　　她说："是我错啦。"

　　她说："我看了天气预报说明天有小雨，早上你能不能回来接我去汽车站？"

　　就在幼清以为根本不会有回应的时候，她收到江鹤齐发过来的简短几个字："明早几点？"

　　幼清全神贯注地看了许多遍才回复。

　　03

　　天气预报很准，第二天幼清起床拉开窗帘一看，外面飘着白茫茫的雨雾。只是淅淅沥沥的小雨，并不影响出行，昨晚她借故让他来接，只是一时冲动，也没想到他真的会答应早上赶过来。

　　她去洗漱，听见楼下有动静，是江鹤齐回来了。

　　他比约定的时间早到了。

　　江鹤齐昨晚住在公司，睡得不舒坦，很早就醒了，索性早点儿回家冲个澡，把自己拾掇干净了。

　　幼清换好衣服坐在梳妆台前化淡妆的时候，他凑过来，饶有兴致地站在旁边看着。

　　还剩下口红没有涂，幼清被他看得紧张，手上的动作重了，整个

妆容差点儿功亏一篑。她抬头看见他眼睑下一片淡淡青灰，眼睛里有红血丝，问："昨天没休息好吗？"

江鹤齐抢先一步，扯过纸巾，弯下腰替她擦拭嘴角多余的口红。

他脸还冷着，没有表情。

幼清只当他是一时新鲜觉得好玩，尽量放松不要僵着嘴角，随他动作。

只是他显然没有经验，笨手笨脚，把幼清涂好的部分也蹭掉了不少。她再补了补，终于松了一口气："好了。"

从麟城去榕县没有直达的火车，只能坐大巴车过去，而且上午只有一趟，必须准时，错过就得到下午两点。

幼清在江鹤齐的车上吃了早餐，她咬一口豆沙包，偷偷观察他脸色，仍旧不好判断他是否还在生气。

"你待会儿要是有时间，还是回去补个觉吧。"她斟酌着说。

江鹤齐问："要去几天？"

幼清吸了口豆浆："具体多少天我们没有定，要是榕县那边环境好，能学到东西，可能就待久一点……但是也不会太久啦，最多半个月。"

江鹤齐听闻又不说话了。

幼清有点沮丧，她马上就要走了，本来想抓紧时间多跟他聊聊天，奈何他根本不配合。

一路看着窗外风景掠过，车里安静得只有导航的声音。

有人在陶艺小组群里说自己才开始出门，希望路上不要堵车。

幼清是他们中第三个到汽车站的。

这些年麟城飞速发展，修地铁扩建机场，老汽车站却仿佛被遗忘了，破破旧旧像个风烛残年的老人。附近老式居民楼密集，举着牌子的售票员在路边奔走吆喝揽客。

江鹤齐找到一个停车位，熄了火。

幼清下车见雨又小了点儿，牛毛似的细，也就没打算打伞。江鹤齐替她拎着行李箱，提醒她："撑伞。"

"没事的。"

江鹤齐皱着眉："女孩子淋了雨容易头疼。"这话他妈经常挂在嘴边，用来教训他头上三个姐姐的。

幼清只好乖乖撑伞，得他一句关怀就暗自开心着。

她把伞分一半给他，移到他头顶。

"我不用，你多顾着点自己。"江鹤齐说。

先到的两个同好在旁边的小商店门口买水，幼清看见他们，朝他们挥了挥手走过去。江鹤齐拿着她的身份证去售票大厅给她买票。

"哇，幼清，那是你男朋友吗？"

"长得好帅啊。"

"就是看着有点严肃……"

只要跟江鹤齐一起出去，幼清总会听到这样的话。她看着他的背影，心想，如果他与现在的江家无关，只是一个普通人，放在人群里也会是极其出色的。如果他和她无关联姻，只是一对普通的夫妻，或许会更美好。

"我结婚了，"幼清脸上带着点羞赧说，"他是我丈夫。"

即便今天心情依旧不太美妙，江鹤齐也没急着离开，一直等到幼清上大巴车。他站在候车的走廊上，透过透明的车窗，看见她背着霜绿色的背包穿梭在中间的过道上，然后选定好一个位置，坐下来。

他仿佛是一位目送心爱的孩子远行的家长。

湿漉漉的车窗玻璃上滚着水珠，他隔着一层看幼清朦胧的侧脸，并不能看得很清楚，只知道她也在看他，还朝他笑了。

幼清把窗户往后推开，探出头跟他挥一挥手，他没忍住，又走了过去说："到了那边要告诉我，去了酒店要发定位给我。"

"好。"

"出门在外注意安全。"他嘱咐她。

幼清微笑着看他，乖巧地说："好。"

江鹤齐难以形容这一刻内心的感受。汽车站嘈杂，很吵，他却感觉无比安静。

他的眼睛里就只装得下她。

直到大巴车开走了,他还在想她。

她究竟是从什么时候开始蛊惑他的?

没有任何时候比现在更加确定,他喜欢上她了。他一直喜欢她,只是不自知,所以吃醋、生气、担心、舍不得,牵肠挂肚。

因为他爱她。

回程的路上,江鹤齐经过一片湿地公园,停下来抽了根烟。很多事情想通了以后,感觉到畅然轻松很多。心里计划着,等幼清回来了,他要怎么追她。

虽然她只是因为联姻嫁给他,他们之间是有名无实的婚姻,但他可以追求她。温水煮青蛙,他要一直用心对她好,直到她点头答应接受他为止。

江鹤齐白天待在公司里,早早下班回了衡水湾。傍晚有阿姨过来打扫屋子,是江家老宅那边他奶奶派过来的人。

江鹤齐一边煮咖啡,一边正想着幼清出神,楼上传来一声不小的动静,像有什么重物砸在了地板上。

江鹤齐上楼,看见阿姨蹲在地上胡乱把撒落出来的东西七手八脚地重新塞回木匣子里。

一个作业本、半块橡皮、几张裁剪下来的校园报、皱巴巴的试卷……

如果不是江鹤齐清清楚楚看到校园报上出现了自己的照片，笔记本上写着他的名字，他一眼望过去，不会觉得这些是他的东西。

记忆太遥远了。

高中时候用过的东西，他怎么还会记得，可是这些东西，却出现在幼清的木匣子里。

阿姨神色慌张地解释："我……我是想扫一扫书架上的灰尘，不小心把它……"

江鹤齐根本没有耐心听她讲话，指着门口："出去。"

阿姨收拾好自己的东西赶紧走了。

原本挂在木匣子上的小铜锁孤独地躺在一边，上次幼清关上匣子之后，锁没有按到位。所以重重一摔之后，小铜锁飞了，匣子打开了。

江鹤齐一样样看过去，再一样样整齐放好。

那些记忆，纷至沓来，在脑海中涌现。

"让我看看里面装着什么。"

"不能看的。"

"这么宝贝？"

"嗯。"

"我拿东西跟你换。"

"千金不换。"

"你那时候有喜欢的人？"

"对啊。"

"是怎样的人？"

"他什么都好，除了不喜欢我。"

"你高中在哪儿念的？"

"祁盛。"

"我以前掉过一枚书签……"

"那其实是我想要送给一个暗恋的学长的，但是始终不敢送出去。"

"为了做个标记，在上面写了'腐草化为萤'。"

"有什么寓意吗？"

"大概是想告诉他，立秋到了，遍地腐草化成漫天的萤火虫，像星星坠入人间那样闪耀，他在我心中就是这样的存在。"

想到这里，江鹤齐去书架上疯狂翻找以前的书籍。他带来蘅水湾的书其实不多，大部分都留在江家。他一路风风火火开车回去，刚吃过晚饭的陆蔷正在院子里跟她的姐妹们纳凉谈天，见他步履匆匆，还以为出了什么大事。

江鹤齐直奔书房，陆蔷在后面小跑着都跟不上："儿子你怎么了？"

"没事，找一样东西。"

当初不知道随手夹在哪本书里的书签，现在终于被千辛万苦地找出来了。是一枚简单的香樟叶子，经过处理后刷去叶肉，保存下来制成的叶脉书签，上面果然有几个字：腐草化为莹。

时间太久了，他的印象已经模糊。所以做书签时幼清提起，他并没有深想，也从未想过会有这种巧合发生在他们身上。

陆蔷见他失魂落魄，又见他眉开眼笑，摸不着头脑，问他："吃饭了没有，饿不饿？"

江鹤齐摇头，只是问她："妈，江家和周家的联姻是哪方先提出来的？"

陆蔷以为他与幼清感情不和，如今心生悔意，不由得劝他："我觉得幼清真是个好孩子，模样儿好，性格也好，我是越看越喜欢，你怎么就不知道好好珍惜呢……"

江鹤齐苦笑："我没有别的意思。我只是想问清楚。"

"是周家，周家那边先提出来的。"陆蔷说，"周家老爷子亲自提的。"

04

说起来，以往江、周两家的交集并不算多。江家靠重工发家，周家主力发展文娱产业，井水不犯河水。而江鹤齐与周斯言这两个人，更是如两条平行线，要不是因为周幼清，他们这辈子大概不会有交集。

现在江鹤齐去拜访周斯言，亲自找上门去。

这几年周家老爷子渐渐放权，儿子辈无作为，反倒孙子辈争气，如今周氏的半壁江山已经归周斯言。他从老宅搬出去后，一人独居，也从没有人来做客，连备用的拖鞋都没有，连喝水的杯子都是主人独一份的。只有一套崭新的喝红酒的高脚杯还未使用过，周斯言就拿高脚杯给江鹤齐倒了杯矿泉水。

光着脚踩在地毯上的江鹤齐："……"

"说吧，什么事。"

"关于两家联姻的事，你知道多少？"

周斯言跟陆蔷的反应如出一辙，他脸色极差："你们结婚都大半年了，现在你想反悔？"

"没有，跟她结婚我从不后悔。"江鹤齐说。

即使是以前，与幼清尚未产生感情时，他也从未产生过这样的念头，他一直知道幼清很好。

周斯言面色缓和了些："那你来问这个是什么意思？"

"想弄清楚事情的缘由，因为我有太多困惑的地方想不通，没有办法解释。"江鹤齐说，"我得弄清楚，因为我喜欢她。"

窗户外的天空上飘着最后几朵云霞，染上胭脂的颜色。橙黄的光照进室内，斜斜地拖长在地上。

室内空旷又安静，听不见一点动静。

　　江鹤齐沉默了许久，反复翻涌的情绪被一遍遍遏抑下去，他稳定了心神，才接着说："我今天才搞清楚，原来我喜欢她。我以为她不喜欢我，准备好好追……"

　　"你还想让她怎么喜欢你？"周斯言的声音带着金属一样冰冷的质感，"联姻是她自己跟老爷子求的。因为她母亲的事，周家人对她心存那么一丝愧疚。所以她提出来，老爷子就答应了。她暗恋你七年，你还想让她怎么喜欢你？再多一点都不可能了，因为所有的都已经给你了。"

　　江鹤齐不禁回想起去年的某一天。

　　他当时跟蒋跃、赵岑宇他们一群人正在玩真人 CS，出来扒了身上的迷彩服赤着膀子，头发被汗水浸湿，对着灼热的太阳光微眯起眼睛，接到来自他家母上大人的电话。

　　陆蔷试探着说要给他找个媳妇儿，问他愿不愿意，周家的女儿。

　　江鹤齐那段时间很烦。出国了的沈迦宁突然阴魂不散，又开始作妖，怂恿蒋跃替二人牵桥搭线。他那个在部队待过几年的大姐想要把曾经的战友介绍给他，他二姐想要撮合他跟自己闺蜜，三姐那边暂时风平浪静，但保不齐过一阵就要来捣乱了。

　　他才二十四岁，这些人也太着急了。

　　相比之下，陆蔷反而靠谱些。

他抹了把汗，随口一说，行啊，娶谁不是娶。

就这么玩笑似的一句话，把事情敲定下来。

后来，他跟幼清见了面，把婚礼定在冬天，他们就这样结了婚。

就这样定了终身。

江鹤齐一直以为，自己娶的那个姑娘和他一样，对待这桩婚姻如同走过场，不抱有期待。却不知道，这其实耗尽了她所有的运气。

今生岁月长，七年时间，她来到他面前，等他认识她。

她终于嫁给他了。

同居第一天，他却抱着枕头准备离开，绅士地安慰她："你别紧张啊，放心睡，我去隔壁，以后的生活我们互不干涉对方。"

如今的江鹤齐已经不记得去年冬天的周幼清当时作何反应了。

她似乎对他笑了笑，又好像没有，乖巧地冲他点了点头，说："好。"

她拥着被子坐在床上看外面路灯下的雪，一层一层铺落，好像要将大地掩埋。七年的心事沉没雪底，一辈子不见天日。

第六章

Chapter Six

/ 爱有所依 /

江学长，
请回答

01

幼清一行人出发去榕县之前在网上订好了旅馆，事先也做过攻略，对那地方心里有大致的了解。到了之后，他们才发现这个小地方比自己想象中的更破旧一些。

五个女生人数为单，其他人两两一起住双人间，幼清选择了单人间。

房间里设施老旧，栗色的窗帘灰蒙蒙的，像铺盖了厚厚一层灰尘，摆放着的一桌一椅刷着红漆，已经剥落。幼清去洗手间检查了一遍，水龙头是好的，有热水。在外学习奔波累了一天，能舒舒服服洗个澡就成。

她精疲力竭地睡了。

幼清做了一个梦，关于她的高中时代。

祁盛中学有一面告白墙，在学生当中流传甚广。起初幼清也只是听说，某一届的一位美术生学长在体育馆楼顶的一扇墙上用红色颜料

画了一个巨大的爱心，后来逐渐有同学把自己暗恋者的名字写在上面。逐渐累积下来，后来那扇墙都快要被填满。

直到那次全校性的大扫除，幼清所在的班级被安排打扫体育馆的相关区域，她负责楼梯间的部分，拿着扫帚一路去了楼顶，然后邂逅了传说中的那堵墙。

正如她所听说的，大半面墙被红色爱心占据，上面有各种名字。

这里没被教导主任发现，真是万幸，也得亏它位置隐蔽。一般人绝不会闲来无事，跑来空旷萧索的体育馆楼顶。

四下安静，除了幼清没有别人。

她捡起地下一根短短的粉笔，捏在手里，好像在做亏心事一般。发现凭她的身高勉强能够到的左上方有一小块空白，她踮着脚，用"江鹤齐"三个字将那片空白填满。

虽然有许许多多的人在这面墙上写了这三个字，可那些都与她无关，她专注着笔下的每一笔每一画，十分珍重的样子。

直到最后一竖，有人将它打断。

"这周日我生日你们要是敢不来我就……"说话的人是蒋跃，他走在最前面。

随后，一群少年从楼梯口拥进来。

幼清心惊肉跳地呆住了，她听见有人说："哟，又有同学来这儿写名字啊。"那人回头看江鹤齐，满含戏谑的口吻，"四哥，不会又是写的你的名字吧……"

幼清恨不得挖个洞当即钻进去，可她不是土行孙，也没有特异功能。她当时选择了一种最笨拙的方式，扬手把自己刚写的名字遮住。

无异于掩耳盗铃。

因为她的身高问题，名字只被遮起来三分之二，还剩下三分之一暴露于人前，是"江鹤齐"三个字无疑。

她窘成这样，少年们纷纷笑起来。

她实在不敢抬头去看其中那一位的笑脸。

她怕自己喜欢他这么久，换来他这一刻的这一张笑脸。这笑脸与没有一丝回应相比，显得更加残忍一些。没有回应时，她尚且能放任自己在心里惦念，这笑脸却能将她的惦念碾碎，仿佛在叱责她的痴心妄想。

幼清满头大汗地从梦中惊醒。

榕县的夏天很热。房间内沉闷，叫人透不过气来，开着的空调不知什么时候停了。幼清摸到遥控器，按了两下没有反应。

她重新将窗户打开，可惜没有半点自然风。天色如一碟宿墨，透着沉沉的黑。

她嗓子干得厉害，喉咙仿佛要黏在一起，灌了一大杯水下肚。披

散在肩上的长发渗着汗珠，后背的衣服几乎湿透，她整个人像是从水里捞出来的。

看一眼时间，已经是凌晨四点半，睡不着也没关系，再熬一熬，天就亮了。

幼清坐在床上愣愣地发呆，她沉浸在梦中的情绪里一时难以自拔，那种揪心的滋味挥之不去。

夜里安静，旅店的房门突然被敲响。

她来不及心惊，手机上跳出一条信息，来自江鹤齐，他说："是我。"

幼清鞋也没穿，赤着脚几步跑过去将门打开。

他果然在门外。

幼清的第一反应以为这仍然是梦，她尚未从梦境中彻底清醒过来，所以她打开门见到了江鹤齐。

她惊愕的脸上苍白一片，梦里求而不得的痛苦再次席卷而来，她仿佛又置身于那堵告白墙前，不知道该怎么面对江鹤齐。

"怎么了？"江鹤齐发现她的不对劲，摸了摸她的额头，满手濡湿，又看她脸色被灯光照得惨白，更加不放心，问，"是不是生病了？"

幼清沉默着一言不发，像是没听见。江鹤齐情急之下一把将人抱起来，放到床上。

身体突然腾空，让幼清回了回神，她声音低哑："我没有生病，只是空调坏掉了……很热。"说话时视线低垂盯着，回避他的目光。

江鹤齐这几天刚弄明白自己的心意，本想留在麟城等幼清回来，后来实在忍不住了发疯似的赶过来。

他太想见她，门开了之后，里面站着个失魂落魄的姑娘。

江鹤齐一颗心七上八下，涌现出各种担忧，喜欢一个人原来真的会被她拿捏住心神和情绪，替她欢喜替她忧。

江鹤齐托住幼清的脸颊让她看着自己，再次问道："有没有哪里不舒服？"

幼清依旧摇头。

江鹤齐心里的石头终于落了地。他不肯松开怀里的姑娘，轻轻柔柔地抱着她，额头抵在她削薄的肩上。

幼清几乎又一瞬间被拉回了梦境。

只是这次似乎是个颇为圆满的美梦。她不敢动，也不敢大声呼吸，胸口的起伏都下意识地遏制住了。

"其实我刚刚梦见你了，所以不太确定现在的你是不是真的。"她恍惚地说。

相互挨着的身体是滚烫的，那温度不知道究竟来源于谁，相贴在一起的肌肤仿佛被汗液黏在一起。江鹤齐也不肯放开，他问："梦见我什么了？"

幼清闭着眼睛说："梦见你不喜欢我。"

醒来之后，你还是不喜欢我。一早就接受了这样的事实，想一想却还是觉得难过。

江鹤齐说："错了。"

"哪里错了？"

"我没有不喜欢你。"他的声音响在万籁俱寂的夜里，如同耳语。头顶的灯泡引得小虫前仆后继，灰尘一般覆在老旧的纱窗上。所有的声息都消退干净，只剩下这一句，"我是喜欢你的，幼清。"

"骗子。"幼清控制不了自己突然冒出来的哭腔，眼泪有它自己的想法，扑簌着往下掉，在江鹤齐的衣服上洇开。她不知道为什么会这样委屈，"你喜欢的是沈迦宁，你从高中的时候就开始喜欢她……"

告白之前江鹤齐做好了各种心理准备，他来得这样迟，他以为她或许会生气，或许会直接推开他，却万万没有想到横亘在两人之间的居然会是沈迦宁。

沈迦宁在江鹤齐这里确实连个朋友都算不上，仅比路人熟两分。

他拿出百分之两百的耐心来哄怀里的姑娘："我没有喜欢沈迦宁，从高中时候就不喜欢。幼清，你一定是误会我了。"

吸着鼻子一抽一抽的人伤心地同他翻起了旧账："你那时候经常跟沈迦宁走在一起。"

"我们一堆人，我哪注意到队伍里有没有她。"

"你从来不收女生礼物，但是收沈迦宁的情人节礼物了。"

“我以为她做的小饼干人人有份。”

“钢琴伴奏……”

“是替蒋跃顶班。”

江鹤齐这下才知道这其中误会大了，倘若不解释清楚，恐怕要让幼清一直误会下去：“不勒斯不是我，一直是蒋跃，沈迦宁自己会错了意。”

幼清曾脑补出一桩江、沈二人之间的姻缘大戏，她只是局外旁观的人，从来都只有羡慕的份。她从来都是死死藏着掖着，不敢叫他知道自己喜欢他。

江鹤齐一遍遍替她把眼泪擦干：“对不起……”

“让你等了这么久，对不起。”如果可以，让他先动心，让他先喜欢她，这样她就不会那么辛苦了。

幼清说：“我一直想等有一天，你终于喜欢上我。也问过自己，如果等不到呢……那就一直等好了……”

她是个很慢热又温暾的人，心性难改，认定的事情很难再回头，像她的母亲霍歆。

世间最不缺的就是大把大把的遗憾，没有赶上的火车，迟到半小时无法进场的考试，夹在书本里没有送出的长信，过期了的阿莫西林，没有牵到的手，来不及说的我爱你，老来相忆满含愧疚的对不起。

大家都在往前走，谁会那么傻，一直站在原地。

可她就是一直在等他。

因为这世界上只有一个周幼清深爱的江鹤齐，无垠的宇宙里只有一个我深爱的你。

大概又觉得，错过了，就没有了，再也不会遇到那样一个你。所以想着，再等等，不然我这一辈子，多遗憾。

对于幼清来说，唯一勇敢过的一次，是向爷爷争取了这场婚姻。她生在周家这样的家庭，再过几年，不出意外会被安排跟其他门当户对的人相亲。既然如此，何不自己争取一次。

赌一把。

赌江鹤齐会不会答应。

哪怕他并不喜欢她，可至少，她终于费尽千辛万苦来到了他面前。

他是她的夜不能寐，她的今生不可得。

长夜将尽，天渐渐亮起来时，榕县迎来了一场撼天动地的瓢泼大雨。嘈杂的雨声似要将人间填满，雨中夹杂着一丝清凉的风送进窗口。

这是婚后第二年，他们互相表明了心意，所有的爱都有了栖息之地，不再漂泊无依。

幼清靠在江鹤齐的耳边说："我们以后再也不要分开了好不好？"

灯熄灭以后，只剩下窗外稀薄的天光和缭绕的雨雾。

在这一夜灰蒙的居室里，我愿意被你困住一生一世。

江学长，
请回答

02

西河旅馆昨晚值班的员工小夏趴在前台打瞌睡。最近正值暑假高峰期，来榕县这边学陶或者参观的游客不少，偶尔半夜还有来办入住的人。络绎不绝的人见多了，小夏作为一个颜控几乎快审美疲劳，今晨却实实在在被惊艳了一把。

高个子的英俊男人在夜色中推开了西河旅馆，身无他物，没有携带任何行李，只向小夏打听入住的旅客中是否有个叫周幼清的人。

小夏当即起了警觉心，狐疑地打量他。

男人直接把结婚证掏出来："我是她的丈夫，来找她有急事。"

小夏对从麟城来的几个年轻人倒是有点印象，他们结伴而行，其中有几个性格活泼的，嗓门大爱讲笑话，小夏想不注意他们都难。幼清来跟小夏打听过附近有哪些好吃的餐馆，两人说过几句话。

小夏完全没想到，幼清已经结婚了。

"她……住306。"

来跟她交班的同事起床了，小夏伸了个懒腰准备回屋睡觉，与从楼梯上下来的人迎面撞上。凌晨时分因为室内灯光昏暗没有仔细看清的脸现在过分清晰地展露于眼前，小夏心里惊呼这是打哪儿来的小鲜

肉大明星，面上却稳住，跟人打招呼："早上好啊，幼清起床了吗？"

江鹤齐朝她点了下头："还在睡。这里附近有早餐店吗？"

小夏连忙出门替他指方向。

外面仍在下雨，只是雨势小了不少，小夏来不及问他需不需要借伞，门角就有，他已经大步迈进雨中。

小夏忽然精神抖擞，看八卦的兴致上来，瞌睡都跑没了，趴在一楼的沙发上等着，不一会儿果然看见江鹤齐提着两人份的早餐回来了。

他的发丝和肩上落着雨珠，上楼之前回头跟小夏说："306 房间的空调坏了。"

小夏记下来，表示待会儿就找师傅过去看看哪里出了问题，一边在手机上跟"基友"说店里来了一对颜值超高的夫妻，把偷拍的男人出门去买早餐走进细雨中的背影图发了过去，随便抓拍的，意境极佳。"基友"在那边嗷了半天想看正脸。

幼清昨晚睡得不好，凌晨四点又因为江鹤齐心情跌宕起伏，天亮之后洗了个澡就精疲力竭地睡了。江鹤齐出去一趟回来发现她缩在床上还没醒，额头又出了一层细密的汗。

借来的电扇转起来发出卡壳似的怪叫，噪音太大，江鹤齐只好关了，坐在床头用幼清放在桌上买来当纪念品的小折扇一下一下地替她扇着风。

他看了她许久，想起几个小时前她说的，我会一直等你啊。

情难自禁，他俯身吻她的额头。

幼清睫毛颤了颤，先前是半梦半醒，现在是睡意全消，闭着眼睛在装睡，心里乱作一团不知道该怎么面对江鹤齐。凌晨哭得太凶，后知后觉地不好意思起来。

江鹤齐手上摇着扇子没停，挑起嘴角笑："是不是我服务很到位，周小姐想再多享受一下？"

幼清惊得睁开眼睛，脸上挂着被拆穿的羞恼，小声嘀咕："你早知道啊。"

"睡饱了吗？"江鹤齐撩了撩她的头发。

她点头。

"那就去刷牙洗脸吃早餐。"

幼清依言照做，用手指理了理头发，发现床头柜上一个熟悉的红色小本，不解地问江鹤齐："你怎么把结婚证带来了？"

江鹤齐说："不随身携带怎么证明我跟你之间的合法关系。"当时想的是，他半夜三更找过去告白，小姑娘要是闹脾气了死活不肯接受，就直接把证掏出来往桌上一放，她这辈子逃不出他的手掌心。

他就是这么混，从来没说过自己是什么好人。

没用过强取豪夺的手段，只是这一次动了真心，反倒不知所措。

"还好你乖啊，"他用胳膊虚虚地圈住她，眉睫之中还存着少年

· 134 ·

时的桀骜，"不然我还真不知道该拿你怎么办。"

他曾经不明白她的心意，虚耗她的时光，带给她糟糕的婚姻体验。她却一如既往，愿意接纳他。

幼清不会读心术，不明白他在想什么，只是当他依偎过来的时候本能地张开双手回抱住他，眼睛盯着桌上的塑料袋子，猜想里面的包子是什么馅儿的。

"我看你什么行李都没带，今天就准备回麟城吗？"洗漱完，幼清咬开包子，惊喜地发现居然是红豆馅儿的，软糯香甜。

江鹤齐说："不着急回去，今年的年假还没休，我就当休假好了。"

幼清指着他身上经过一夜已经起皱的衬衫："可是你连换洗衣物都没带。"

"让助理送过来。"江鹤齐不假思索地说。

幼清脸颊被包子撑得鼓鼓的，她咽下一口，觉得那样太麻烦人家，想了想说："我发现这边也有几间卖衣服的店，今天带你过去看看，要是实在没有合适的，再叫人送过来行不行？"

"都听你的。"

于是当天，幼清的行程就有了变化，她跟带头的负责人电话联系了，说今天不跟他们一起行动。对方也不好说什么，只是让她出门注意安全。

"他们今天要去山里找一个烧陶的老师傅学经验，"幼清挂了电话，跟江鹤齐说，"而我只能陪你去买衣服。"

江鹤齐心里高兴，面上却不显，勾着半边嘴角显得桀骜又无赖，一把把人拉到腿上坐着："事有轻重缓急，我比较重要。"

幼清故作惊讶地轻呼一声："啊，不要脸。"

外边有人敲房门。

幼清慌忙要站起来，腰肢被他牢牢掐住了，动弹不得。

"有人敲门啊，你快放开。"

见她真的急了，江鹤齐才不紧不慢地松了手，脸上还是笑："你慌什么，咱们又不是偷情。"话音未落，被幼清踩了一脚。

门外是小夏找过来的空调维修人员，还有西河旅馆的老板娘。空调一时半会儿修不好，老板娘提出给幼清换房间。

加上江鹤齐过来了，多出一个人，小小的单人间显得太过拥挤，本来就要将房间升级才够住。

老板娘问："你们想升级成哪种房间？"

幼清想也不想地说："双人间。"

江鹤齐："大床房。"

老板娘望着两人目光暧昧，连站在桌子上正在排查空调故障原因的维修人员也转过头来看了他们一眼。

幼清别了一下头发，装作若无其事地改口："大床房。"

　　"我们结婚了。"追加的这句不知道是告诉自己，还是解释给别人听的。

　　江鹤齐见她窘迫的样子太可爱，笑出了声，去牵她的手："媳妇儿赶紧换房间，待会儿你还要出去给我买衣服。"

　　幼清赶紧埋头收拾东西去了。

　　升级之后的房间算是西河旅馆最好的一间房了，避开临街的那一面，减少了噪音，推开窗能看见连绵的山和一条玉带似的河，偶尔有风从水面吹拂过来，穿堂而过，带来些许凉意。室内的条件不尽如人意，但比之前幼清住的那间要好上太多。

　　"就住这间吗？"幼清询问江鹤齐的意见。

　　江鹤齐点头。

　　"还以为你会提出换酒店。"幼清说。西河旅馆已经建了好几年，各项设施老旧，完全比不上当地经营出色的几家民宿和酒店，但是地理位置是好的，离几处陶厂都比较近。而且与她同来的其他组员都住在这家，一起活动也比较方便。

　　但如果江鹤齐嫌弃这里条件差，住不习惯，提出要换地方住，幼清也是一定会答应的。

　　她一点儿也舍不得委屈他。

　　江鹤齐好笑地看着她："我一个大男人，哪有那么娇生惯养？你都愿意住这里了，我还有什么好嫌弃的。"

"真的？"

"真的。"他坐在窗口的桌沿上，一条大长腿支着地，背对窗外墨绿色的山峦，一手钩住她的肩膀，"妇唱夫随嘛。"

03

两人一起出门逛街买衣服，这是第一次。

算约会吗？幼清暗暗地想，一头扎进江鹤齐撑起的太阳伞底，跟他肩并肩走。

两个都没有恋爱经历的人走路的时候目视前方，好像专心致志的样子，装作在看两岸的风景，要把枝头飞过的麻雀都看清，实则心里敲锣打鼓，微妙的期待，混合着微妙的忐忑。江鹤齐的余光不断往下瞥，过了一会儿，他问幼清："要挽手吗？"

幼清抬头望着他，似乎在犹豫。

江鹤齐撑伞的右手挨着她，手肘向靠近她的那一侧偏了偏，再一次问："要吗？"

"要。"幼清高高兴兴地挽了上去，决定遵从内心最真实的想法。

黏在一起不想分开，热一点也没关系。幼清突然想起以前在麟大度过的夏天，去上课的路上看见牵手的小情侣，室友们咂咂嘴，恋爱

中的人真叫人无法理解。

幼清现在好像有点理解了。

可她又不用理解了，因为腾不出多余的脑子分不出多余的心思去思考其他的事情，都被身旁的这个人占据了。

相邻的几条小街上大多都是卖陶艺品的商铺，其中夹杂着奶茶店和几个小吃摊子，走到末尾才看见有服饰店，卖的也都是颇具民族风的衣服，女款的颜色鲜艳，纹饰繁复，好在男款的相对而言就简单了许多。

幼清看中了其中一件黑色的盘扣棉麻衬衣，立领处有一只小巧精致的白鹤刺绣作为点缀。

江鹤齐见她似乎很喜欢，直接拿过衣服试穿。

大小正合身，黑色衣料反衬出他皮肤白，类似于唐装的样式又显出几分儒雅，幼清左右打量，觉得他越发像个斯文败类。

"如何？"江鹤齐问她。

她的手指摩挲着下巴，诚实道："好看。"

"那就买了。"江鹤齐说。

幼清却先他一步去给钱，生怕他跟她抢。

江鹤齐挑了挑眉，她小声嘀咕："我还没给你买过衣服呢。"与他相关的，还有许许多多个第一次没有开始尝试，所以迫不及待地想要体验。

江鹤齐却之不恭，十分配合地再挑了两件，一并交给她。

坐在缝纫机前吱呀吱呀踩着踏板的老板拿过身后的算盘，拨了拨，两件上衣一条裤子，报出一个不小的数字，完全超出了幼清的预算。

老板解释，店里的衣服全是他自己设计的，选料精良，纯手工制作云云。

幼清怕被讹，又觉得那几件衣服配江鹤齐刚好，质感也确实不差。江鹤齐见她咬咬牙，掏出手机："微信付款。"

"要不算了？"他逗她。

"不行。"她坚持，"你穿着好看。"

幼清的生活与"拮据"二字沾不上边，但自从上大学以后，就没有伸手问周律要过钱。霍歆留给她的那些，保障了她这一辈子衣食无忧，而她不敢挥霍，过着平凡普通的日子，大学室友们也一直以为她仅仅出生在小康之家。

江鹤齐继续问："穿着好看就买吗？"

"嗯。"她笃定地点头。

"那以后我的衣服都由你给我买吧。"转而成了赤裸裸的敲诈，他赖上她了。

这下幼清神色开始犹豫，变得不太确定，她只能望着对方无可奈何地叹息："你太贵啦，我养不起。"见江鹤齐脸垮下来，又立即改口，

"我会努力赚钱的!"

虽然养不起,但还是得朝着目标努力。

江鹤齐听见后半句,忍不住笑着揉一揉她的脸,指腹温柔,不自觉就带上了恋人间的亲昵。幼清想躲开又舍不得躲,只好告诉他:"你别蹭掉了我脸上的腮红。"

再从店里出来时,天气转晴为阴,太阳被飘浮的云翳遮住,云朵的缝隙中漏下一束束金黄的日光。

还有一些生活用品和贴身衣物要买,两人顺着导航去找附近最大的一个超市。再次路过小吃摊,幼清要了一份章鱼丸子,江鹤齐替她拎着沁凉的奶茶。

把一个章鱼丸子送至江鹤齐嘴边,幼清接到了来自邬奈的电话。

"四嫂四嫂!"混世魔王在麟城的烈日下咆哮,"你哥去相亲了!这事儿你知道吗?"

幼清反应了两秒:"你是说周斯言吗?"

"对啊!"邬奈急得手舞足蹈,恨不得将旁边的一棵石榴树一脚踹歪。

"这个我还真不知道。"幼清说。

周斯言相亲?她没听说过,转念一想,也不是没有可能,或许是爷爷的授意,或许是周律的安排也说不定。

邬奈狂躁之后变得毫无战斗力，蹲在地上沮丧地抓了抓头发："我追他那么久，他转头就跟别的女人去相亲，真是太不把我放在眼里了。"

幼清问："这事你是听谁说的？"

邬奈委屈得要命："今天赵岑宇陪他家老太太去餐厅吃饭，看见他跟一个女人进来，订的是情侣座，桌上还摆着玫瑰花呢，赵岑宇都偷偷拍给我看了。"

幼清说："你没让他确定一下吗？"

邬奈说："哪敢啊，我也就只能来问问你了。万一我要是问他了，他直接告诉我他已经跟人家姑娘定下来了，我怕我控制不住……"

"控制不住什么？"

"一拳撂倒他。"

还能开玩笑，幼清估摸着问题不大："你先观望情况吧，周斯言那么难相处，就算被家里安排着跟人相亲，对方也不一定看得上他。"

"……"

幼清给邬奈做了许久的思想工作，后面不知什么时候跟上来一只肥肥胖胖的橘猫，看着干净，像家养的。猫围着江鹤齐脚边转，跟着他们一道向前走，迟迟不肯离开。

幼清照旧挽着江鹤齐，把章鱼丸子交到他手上，右手举着手机在听邬奈倒苦水，一时没太注意脚下。突然扫过来毛茸茸的一截橘色尾巴，

她落脚差点儿踩着它，趔趄着往旁边挪了一步，避开了。

猫却扭着肥硕的身子往地上一躺。

幼清目瞪口呆地望向江鹤齐："它碰瓷……"

胖猫抬起头"喵"了一声，不知是反驳还是承认，总之就是不动了。

邬奈听见幼清说的话，还以为他们遇到麻烦了，问："哪个不长眼的敢碰你的瓷？"

胖猫似乎听到有人在骂它，又"喵"了一声。幼清看着好笑，蹲下来试探性地摸了摸它的头，对着手机说："只是猫……我先挂了奈奈，周斯言那边要是有动静我又知道的话，一定告诉你。"

江鹤齐问："她怎么还惦记着你哥？"

幼清深有感触，笑："得不到就会一直惦记着。"

江鹤齐大概没尝过对恋人求而不得的滋味，无法感同身受，点了下头，学着她的样子撸了一下猫。胖猫扬起尾巴扫了扫他的裤腿，眼睛盯着他的手。幼清心领神会，碰瓷的原因找到了："它想吃小丸子。"

"喵——"就是这个意思。

还剩两颗章鱼小丸子，全给它了。

胖猫吃完，一跃而起，扭着猫步丝毫不留恋地走了。

幼清继续领着江鹤齐闲逛，逛完整整一天，把买的东西拎回旅馆，晚上再一道出去寻觅好吃的菜馆子。吹着晚风散步，在岸边听流浪者抱着吉他唱了许久的歌。幼清分明是来榕县学习的，江鹤齐一来，她就自动调节成了双人度假模式，吃喝玩乐才是正经事。

接近晚上十点，两人才走回西河旅馆。

又是小夏值夜班，她抱着手机在跟人聊天，见他们进来抻长了脖子主动打招呼，问幼清："今天没跟着大部队一起行动吗？"她指的是跟幼清一同来榕县学陶艺的伙伴。

幼清笑笑，问："他们回来了吗？"

"还没呢。"小夏看了眼时间，"挺晚的了。"

幼清想到他们今天是要上山探访，太晚没回来难免担心，正打算在微信上问一问，旅馆的大门被从外面推开，几个精疲力竭的男男女女灰头土脸地走进来，其中一个女生看见幼清立即上前来诉苦："你今天没跟我们一起真是无敌正确的选择啊，我的腿都快走断了……"说话时，女生瞄到幼清旁边的江鹤齐，顿时眼睛一亮，"欸，这不是你家那位……"之前在麟城汽车站看见过一次的。

女生嗓门清亮，经她这么一句，其余几人也都朝江鹤齐看过来。幼清就大大方方地替他们介绍，大家纷纷表示真看不出来，她年纪轻轻就成了已婚人士。适度的调侃和八卦，造就轻松的气氛，独独有一位男士满脸严肃，脸上没一丝笑意。

他算是小组活动的发起者，作为主心骨领着一行人前来榕县学习和观摩陶艺，平常说说笑笑性格也好，这会儿却变得不苟言笑。他问幼清：

"明天你打算怎么办？继续像今天这样单独行动，还是跟我们一起？"

有江鹤齐在，幼清自然要顾及他，想了想说："我有空的时候自己去陶厂吧，你们不用管我。"

对面的女生开玩笑道："你老公都来了，当然不用我们管你咯。"

幼清不太好意思地笑笑，往后的余光里满满装着江鹤齐的侧影，他在等她跟伙伴说话，没有任何不耐烦，一手揪着她垂至腰际的发尾，把玩着她的头发。

作为小组领导人的那位脸上终于浮现出怒色："大家都是来榕县学习的，你倒好，变成了谈恋爱。"他话里似在恨铁不成钢，语气沉痛，"你要玩就随你的便。"

幼清微怔，不明白这突如其来的责难是因为什么。大家因为同一个爱好结伴而来，相互视为朋友，并不存在真的引导者，规定了谁要听命于谁。换句话说，大家都是自由的，来学习也好，玩乐也好，也全凭自己乐意。

在这种情况下，对方说出如此语重心长犹如班主任的一番话，把空气都搅得尴尬了。

"聊完没有？我困了，想早点回房间睡觉。"搓揉她发尾的那只手顺势攀上了她的肩膀，江鹤齐单手把人搂住，弓起背，脑袋就支在她耳边，语气竟然有点儿像奶猫撒娇。

江学长，请回答

幼清脑子里如有烟花轰然炸开，只剩眼前这个祸害，满心满眼都是他，再也顾不上别的，打了声招呼就牵着江鹤齐的手往楼梯上走，还担心着："你困了早点跟我说呀，今天逛了一天是不是很累了？"

他们的房间在西河旅馆的最上面一层，五楼。上了四楼之后，幼清已经感觉费力，小腿肚酸软，见江鹤齐不说话，暗自以为他已经疲惫到不想开口，小声惋惜地说："要是我有力气，我就背你上去了。"

走在她前面一阶的江鹤齐没有任何征兆地突然回头，他捧住了她的脸，粲然一笑："就这么心疼我？"

幼清下意识地一点头，老旧的楼道里灯光昏暗，走廊尽头的窗口漏入稀薄的月光，带着夏夜未消散的暑气炙热的吻蓦地落下来。

这不是江鹤齐第一次吻她，却是心意相通之后的第一个吻。

谁在颤抖，谁又紧张地屏住了呼吸，消匿的蝉鸣声顷刻间重新响起，传回耳畔，起伏喧嚣，如同两颗无法平静的心。

回到房间后过了半晌，幼清收到了一个组员的私聊，是之前跟她打招呼的那个女生，她说："刚才的事，你别放在心上。孙旭可能突然知道你有对象了，甚至还已经结婚了，他一下子难以接受。"孙旭就是小组领头羊。

幼清："？"

对方又发了一条消息过来："他喜欢你，你不会不知道吧？"

孙旭年长他们好几岁，看着很成熟的一个人，幼清甚至以为他已经结婚生子了，全然没发现他对她有意思。

消息太猛，幼清侧躺在床上，差点手滑没抓住手机砸到自己。江鹤齐刚洗完澡出来，凑近她俯身一看，余光敏锐地捕捉到几个字眼，问："谁喜欢你？"

幼清秒速将手机盖在枕头上，又反应过来她问心无愧干吗要心虚，主动上缴手机给江鹤齐，忐忑地解释："我什么都不知道。"倏地改口，"我也是刚刚才知道。"

江鹤齐盘腿坐在大床上，认认真真浏览起了她的手机页面，好像是真在检查。没有擦干的头发过几秒就往下滴一颗水珠，十分规律，浸透他的睡衣领子。幼清拿起干毛巾替他擦起了头发，他似乎还挺享受，眼睛舒服地微微眯了起来。

"往左一点。"他说。

幼清笑："在擦头发，不是按摩。"

"那你顺带给我按一按，我被你气得头疼。"

"我怎么气着你了？"幼清太无辜。

他正儿八经地像在开会，作为高层领导人发言："身边有觊觎者，居然毫不知情，没有一点防范意识。"话锋一转，幼清也跟着天旋地转，她好好地在他背后擦着头发突然被压在被子上，被他湿漉漉的头发蹭了蹭颈窝，"谁让你长这么好看的？性格又好，还软乎乎，做饭也好吃。

你再变小一点,我把你揣兜里带着,走哪儿带哪儿,别人想看也看不着。"

幼清:"……"

怎么又好像变成了表彰大会?

她被夸得脸红心跳。脸上些微的痒,是他的头发擦过之后留下了水痕。这人奶猫狼狗、痞子绅士,无缝隙切换得恰到好处,简直让她无力招架。

她摸摸他的头顶:"不气了?"

"不气了。"

"不头疼了?"

"不了,"江鹤齐抬头,伸手到她的后颈,"换我给你按摩,你脖子酸不酸?"

幼清摇摇头:"走太多路了,我小腿酸。"

"我给你揉揉,我还会找穴位呢。"

"那你好厉害啊。"她笑着夸奖,不过是因为顺口,他却直接笑纳:"当然。"

快要睡着了的时候,意识都飘远了。冷气很足,舒服地陷在被了里,幼清模糊地感觉到小腿肚被人握在掌中,她翻了个身,细语呢喃:"快睡吧。"

两个人抱在一起,裹着薄被像春卷一样睡觉。

全世界都拢在怀里。

04

幼清和江鹤齐回麟城那天，去路边的报刊亭买水偶然间发现一份娱乐小报，上面大半篇幅用来刊登新晋小花夏霜的绯闻，娱记偷拍到她在某餐厅与一男子约会，两人举止亲密，后又一同乘车离开。

偷拍到的图片虽然不是太清晰，但幼清一眼就辨认出夏霜对面只隐隐露出一个侧脸的男人，是周斯言。

"他怎么会跟自己旗下的艺人闹绯闻？"

即便幼清不怎么关注娱乐圈，也多少知道夏霜这个人，今年暑假强势霸屏，出演了三部大热的剧的女主角，偶尔刷一刷微博和新闻难免会看见她的身影。众所周知，夏霜是周氏旗下的签约艺人，正被热捧。

难道在背后助力的是周斯言？

"夏霜的父亲跟赵岑宇他们家有过合作，是在外经商的华侨，近两年才回国。"见幼清纳闷，江鹤齐提点了一句。

所以一切变得情有可原，夏霜自出道起就一帆风顺，好的资源不必一等再等，和周斯言私下约见吃饭聊天，都说得通了。

幼清想起前一阵子邬奈在电话里说的，周斯言好像在相亲，看来真不是误会。

江学长，请回答

　　算算日子，幼清已经许久没回过周家，每月的家族聚餐能避则避，但次次如此，恐爷爷心里会生罅隙，只好挑拣时间偶尔过去赴约。

　　这一次，她到了，却没有在饭桌上看见周斯言。

　　听周家的保姆说，他生病了，所幸不是大病，感冒发烧，没有大碍。幼清却突然想到，他独居在外，每天与他交流最多的是他的助理，周末不是继续加班就是蒙头大睡，连约他出门的朋友恐怕都不会有。

　　至少据幼清所知，周斯言从还在学校读书时起，就少有能同他走到一处去的人。他身上太缺少人情味，最贴切的比喻是形容他像吸血鬼贵族，钦慕者不少，却很难对他产生亲近之心。

　　他这样的人，倘若在家里生了一场大病，怕是病死了都不会有人知道。第一个发现的人，将会是他的助理。

　　这个念头或许荒唐，却真实地浮现在幼清的脑海中。

　　她忽然之间觉得，周斯言趁早结婚找个伴，也是好的。只是他连结婚，八成也抱着商人的心态去权衡了其中的利弊。

　　幼清想着周斯言的事，一顿饭如同历劫般吃完，江鹤齐踩着时间点来接她回去，车就停在外边。幼清飞奔过去，比在学校五十米冲刺更快的速度，降落在他怀中。

　　江鹤齐笑着把人接住："周家这么可怕吗？"

　　幼清说："恐怖程度相当于日本富士急鬼屋。"其实就是不自在，

不舒坦。

　　"我进去跟爷爷打声招呼就出来。"江鹤齐说。

　　幼清静立在车边等了几分钟，见江鹤齐同一个她并不太认识的叔伯握了握手，笑容礼貌疏离，而后下了台阶朝她走过来。

　　"要不以后你还是别来接我了？"坐上副驾驶座，系好安全带，幼清提议。

　　"怎么？"江鹤齐握住方向盘的手一顿。

　　周家这边攀关系的旁支太多，应酬起来实在是件令人心烦的事。江鹤齐似一眼洞穿她的想法："要不来接你，你怎么回来？"

　　"打车。"和往常一样。

　　他不假思索地说："来接你，顺带跟不相干的人应酬两句，和让你自己晚上打车回来，而我在家等你，我宁愿选择前者。"

　　幼清扭头看他。

　　这人自从告白之后无时无刻不在撩人，情话一箩筐，信手捏来。幼清用手捂住眼睛，那些喜欢好像要溢出来。

　　两人回蘅水湾，在楼下碰到遛金毛的小孩，小孩手握牵引绳，人和狗一样高。金毛步伐稳健，小孩颤颤巍巍，不知道是人遛狗，还是狗遛人。旁边跟着的家长也被逗乐了。

　　幼清和江鹤齐看了一会儿，一个觉得狗好乖，一个觉得小孩可爱。

幼清："我们养条狗吧？"

江鹤齐："我们生个小孩？"

两人想也没想就脱口而出，而后相视一笑。养狗需要花时间照料，幼清并未做好心理准备，至于孩子，不着急，顺其自然比较好。

上了楼，回房间泡个澡，睡一觉比较自在。

以前为了防止陆蔷查岗，两人做戏处在同一间房，如今结婚半年多的夫妻婚后谈起了恋爱，腻歪在一张床上滚来滚去，主卧终于成了两个人的卧室。

幼清跟江鹤齐谈起周斯言时，还有隐忧，之前心里想的那句，像小孩子赌气时放狠话发出的诅咒："他要是有一天病死了也没人知道。"

江鹤齐知道她这一句心口不一，建议道："你明天有空可以去看看他。"

幼清少有的任性暴露出来，郁闷得眉毛都快皱在一起："我凭什么去看他啊。"

"他是你哥哥，你会担心他情有可原。"

"我没有担心他。"

"好，你没有担心他。"这种时候，顺着她总是没错的。

江鹤齐揉着幼清的头发，把人拥在怀中。

幼清昏昏欲睡时，他望着她的目光变得温柔而宽容："可是他在你生命中扮演着这么重要的角色，周家的亲人里，我只听你主动提起

过他。同父异母又从小看不惯哥哥，如果你真的讨厌他，以你的性格，估计连讨厌他这几个字都不会说出口。漠视才是彻底的摒弃，把这个人彻底地从自己的生命中剔除。"

譬如她对周律，江鹤齐从未从她口中听到过任何与周律相关的只言片语。

那是对她母亲犯下了罪过的人，她未有怨怼，只是将父亲这个角色自行剜去，如同从不曾有过期待。

05

幼清睡了个舒服的懒觉，迷迷糊糊伸手在被子底下摸另一边，冷的，江鹤齐今天上班，已经走了许久，床头柜上压着他留的字条。

一个人解决完早午餐，已经是上午十点四十，她换好衣服决定去找一趟周斯言。

昨晚半梦半醒之际江鹤齐说的那些话，她其实记得。

打车到周氏集团楼下，幼清仰头望了望前面的这栋高楼，突然意识到自己或许来周氏集团连大门都进不去。前台的工作人员压根不认识她，她也没有预约。

身后的街道上车辆川流不息，一片繁荣景象。

"你怎么在这儿？"一道声音夹杂在汽车鸣笛声中响起。周斯言从旁边挨着的一家咖啡馆里走出来。

他出现得突然，幼清连腹稿都没来得及拟好，只好坦诚道："听说你生病了，过来看看。"

"来看看我病没病死？"周斯言还有点儿烧，唇舌发干，背上冒虚汗，整个人都不太舒服，说起话来就带刺。

幼清干脆点了下头："嗯，结果发现你也没怎么样，活得还挺好的。"

周斯言冷漠道："让你失望了。"他接到助理的提醒，会议马上要开始。

幼清说："那你忙，我先走了。"

"难得来一次，上去坐坐。"周斯言不等幼清拒绝，擒住她的手腕就走。

幼清回头看了一眼，视线顺着周斯言刚才出来的那家咖啡馆望过去，一扇透明玻璃窗后的位置上坐着个年轻女人一直在看着他们这边。年轻女人起身准备走了，戴上口罩和帽子，还扬唇冲幼清笑了笑。

幼清觉得眼熟，想了想才记起是和周斯言正传绯闻的夏霜。

"你是真的在谈恋爱，还是在相亲？"幼清问周斯言。

"相亲。"

"是爷爷，还是……周律，给你安排的？"

周斯言倒不在意："我总要结婚，谁安排的，有什么关系。"

"你就不能找个自己喜欢的吗，不然这一辈子多难过。"幼清想到霍歆和周斯言的生母，情绪变得低落，"那个夏霜，你喜欢她吗？"

"这个不重要。"周斯言说，"她并不是我的恋爱对象，我没有必要一定得喜欢她。相亲对象讲究合适，而不是感情。"他面无表情冷冰冰说话时，离机器人又近了一步，如同没有生命体征。

"而且相亲对象不止一个，懂吗？有好几个。还有许灵，爷爷生日宴上，跟你抢过盘子的那个。"

幼清忍住想揍他的冲动："渣男。"

相互看不顺眼的两个人，一个拉一个扯，谁也挣脱不开谁，跟幼儿园里的小孩子吵架差不多，在各位工作人员的目送下一路进了电梯。众人不知道幼清的身份，背地里免不了一顿议论和猜测。

连周斯言身边的助理也没见过他这副模样，忍不住悄悄偷看另一位主角周幼清，平素温婉的大美人火气冲天像个小炮仗。

"给她一杯果汁。"周斯言指了指幼清，吩咐助理说，"还有，将会议推迟到下午。"说完，他就像只泄了气的皮球往办公室的沙发上一躺，手指疲惫地搓揉着眉心。

瞬间没了战斗力。

"你吃药了吗？"他一示弱，幼清的声音不自觉就往下降，还带上了两分歉意。

他是病人，她该让着点儿的。

助理取来给幼清的果汁和给周斯言的药，他原本找不到兄妹两人的任何相似之处，如今细看，发现他们的眼睛其实有点像，不笑时冷艳又澄澈。

助理先生心里跟明镜儿似的，以往周斯言只要还有口气在，就不可能推迟会议耽误工作，周幼清一来，他还躺沙发上装柔弱，实在没想到周斯言的隐藏属性是个妹控。

助理先生把门带上，就悄悄出去了。

幼清喝着果汁，看周斯言一片片扣下白色的药丸，往嘴里一扔，大口喝水咽下。

"你之前说想要自己开陶艺店的事筹备得怎么样了？"周斯言摆出一副家长的做派。

"刚从榕县学习回来不久，已经开始在找门面了，如果找到合适的，就会租下来。"幼清说，"我不用管，你照顾好自己就行。"

"我不管你，还有别的人管你？江鹤齐吗？"周斯言嗤笑，又想起江鹤齐上次来公寓找他说的那些话，问，"你们和好了？"

幼清说："我们一直很好啊。"

"死鸭子嘴硬。"

两人正聊着，"砰"的一声巨响，办公室的门被人从外面一脚踹开，邬奈像一阵从荒原扫荡而过的风凶猛地冲进室内，身后还跟着要将她

截住的周氏员工。

"对不起周总！这位小姐直往里冲，我们疏忽大意了没拦住……"

"是认识的，放她进来。"周斯言的视线停留在邬奈身上，眉头紧锁。

"四嫂！"邬奈本来心惊胆战，贸然闯进来怕被周斯言直接赶出去，一看幼清也在，顿时像找到了靠山，飞奔过去。

幼清头一次看邬奈穿裙子，是特地打扮过的，明眸皓齿，水灵灵的一小姑娘，帅气还可爱。邬奈向幼清告状，指着周斯言说："我发消息给他，他不回。我打电话给他，他拉黑我。"

"太过分了。"幼清帮腔。

最近周斯言生病，应付工作还得应付相亲对象，邬奈缠着他旁敲侧击打探各位情敌的事，他烦不胜烦，直接就把人拖进黑名单了。

他已经不是第一次拉黑她了。

"要不你俩谈谈？"幼清觉得自己在场，他们有些话不好说，毕竟是两个人的事。

感情终归讲究的是你情我愿，现在邬奈一头热，周斯言无动于衷，他们之间几乎没有可能。

幼清对周斯言说："你好歹认真听一听她心里是怎么想的，她这么喜欢你，其实不容易。"

江学长，请回答

只剩下两个人的空间里，骤然安静下来。

日光顺着窗帘边缘的缝隙无孔不入地洒落在地，投下几道拉长的斜影。邬奈挨她爸搂的时候，都觉得自己简直无所畏惧，什么也不怕，现在心里没上没下的，在发怵。

"你最近……是在相亲吗？"她问周斯言。

"是。"

"有合适的人选了吗？"

"夏霜。"

夏霜这人，邬奈也认识。她不服气："我也可以跟你相亲，你要我门当户对的，邬家也不差。"

"你不行。"周斯言毫不犹豫地拒绝了。

"为什么？"

"你还在读书，是需要被照顾的一方，而我没有多余的时间和精力照顾你，而且我们的性格也不合适。"一个热情，一个冷淡，长此以往，会出大问题。

周斯言刚才吃下的药里有安眠的成分，抵挡不住的倦意如浪潮前赴后继涌上海滩，他半阖上眼睛，够到杯子喝了口水，继续道："如果我们在一起了，你会很累，单方面的付出会让你精疲力竭。而我也根本不会感激你的付出，只会觉得心烦，你明白了吗？"

邬奈不明白，也不想明白。

她心里想着，你又没和我真正处过对象，你怎么会知道最后的结局会这么坏，这些都只是你的猜测而已。

　　"那夏霜呢，你和她就那么合适吗？"她不甘心地问。

　　"她不需要我的喜欢、我的感情，如果我和她结婚了，双方只有利益关系，不会产生任何感情纠纷。"

　　莫名的寒意蹿上邬奈心头："你难道就不会喜欢上谁吗？"

　　"不知道，"周斯言的言语中透着一种抗拒和冰冷，"我不知道。"

　　"真的不能和我试一试吗？"邬奈问得艰涩无比。

　　"没有这个必要。"

　　"可是……我之前好几次有麻烦找你，你都帮我了，难道我对你来说不是最特别的那一个吗？"

　　冷不丁地，周斯言被问住了。头沉甸甸的，他的耐心所剩无几，随口编造了一个理由："那是看在周幼清的面子上。"

　　邬奈暗暗攥紧了拳头，站起身离开："你生病了，好好休息。今天是我打扰了。"

　　周斯言听她失落的语气，也不知道她是不是真的打算放弃了。

06

　　幼清出电梯就接到江鹤齐的电话。他问："你在哪儿呢？"

"去公司看周斯言了，还没出集团大楼。"

"快中午了，我过来接你一起吃饭怎么样？正巧我在附近办点事情，还有几分钟就能走人。"

"嗯，那我等你。"幼清说。她倒是不饿，但是不妨碍她想陪着某人，停下步伐，"不着急，你慢慢来。"

幼清在周氏集团的大厅里等着江鹤齐，休息区有舒适的座椅，冷气从四面八方冒出来。从面前经过的人里面，她偶尔还能看见一两张熟悉的明星脸。

江鹤齐发消息来说路上堵车，原本只有十分钟的路程恐怕还得耽搁一阵。幼清没等到江鹤齐，先等来了沈迦宁。

沈迦宁带着她的私人助理路过，步履生风大步向前，幼清的影子只在她眼中一晃而过，沈迦宁却敏感地捕捉到了，又带着人退回来。

"你好。"沈迦宁跟幼清打招呼。一个站着，一个坐着，前者的姿态容易显得居高临下。

幼清站起来跟她握了握手："你好。"她也是刚刚才想起来，之前听邬奈提起一嘴，沈迦宁签了周氏旗下的娱乐公司，打算进入演艺圈，有人心甘情愿捧她。

"我今天过来拍一组写真，你来看看吗？"沈迦宁邀请幼清。

幼清不知道她寓意何为，等人等得太无聊，干脆也就跟着他们进了摄影棚。里面的人不少，都各司其职，负责自己要忙着的，只有幼

清一个闲人在旁边干站着。

沈迦宁很快换好衣服出来，进入工作状态，整个人被两旁的聚光灯包裹。

幼清看着她借助几样简单的道具应摄影师的要求摆造型，忽然明白了沈迦宁为什么要邀请她过来。镜头下精心打扮过的沈迦宁穿黑色的舞裙，神秘而美丽。她估计早年间练过芭蕾舞，有舞蹈的底子在，微微仰着修长白皙的颈，如同天鹅探颈汲水，气质迷人。

"我到了，你在哪儿？"江鹤齐发消息问。

幼清跟江鹤齐说了两句，发过去一个定位。江鹤齐一路找来摄影棚。

沈迦宁猝然看见推门而入的人，呼吸一屏，肢体都僵硬起来。摄影师叫她放松，她才意识到自己的不自然，随即调整状态，重新投入工作中。

江鹤齐的视线在场内扫了一圈，找到站在不起眼的角落里的幼清。她今天把头发盘起，绾成有些松散的花苞头，穿得休闲舒适，脚上是一双普普通通的帆布鞋。江鹤齐在她面前蹲下，替她系好散开的左脚鞋带。

淡粉色的鞋带缠在他手指上，他不太熟练地打出一个蝴蝶结，又强迫症似的扯了扯，尽量让绳结的两侧对称。

幼清心里一怔，不远处将这一幕看得清清楚楚的沈迦宁更加惊讶，

江学长,请回答

僵直着身体全然忘记了下一个动作,好在摄影师停下来说休息十分钟。私人助理立即冲上去,给沈迦宁倒水,又问她到底怎么了。沈迦宁推开助理的肩膀,朝幼清、江鹤齐走来。

她的眸光没有分毫偏差地落在江鹤齐身上,似乎还在怀疑刚才所见,是否是真实。不过一个蹲下系鞋带的动作,就让她感觉到了恐慌,她十六岁认识江鹤齐,见过他桀骜不驯的一面,见过他意气风发的样子,唯独没见过他对谁这么上心。蒋跃告诉她,江鹤齐和周幼清的婚姻只是一个空壳子,两家联姻而已,没有多少感情。

可现在事实摆在眼前。

江鹤齐牵着幼清:"走了,带你去吃饭,我订好了座位。"

幼清点点头,见沈迦宁在一旁失魂落魄,提醒江鹤齐:"你要不要跟她说清楚?"

江鹤齐没有犹豫地说:"也好。"

他需要跟沈迦宁说清楚的不过是一件事,一个时隔多年仍没有解开的误会,他告诉沈迦宁:"不勒斯不是我,当初的钢琴伴奏只是为了帮蒋跃一个忙,替他顶班。"

沈迦宁最后一点希冀被掐灭。突然之间得知真相,她没有想象中的无法接受,抑或说一直以来,她隐隐已经猜测到这是真相。

"为什么不让我继续误会下去?你放任不管不就好了,也好……

也好让我留个念想。"沈迦宁问。

"以前觉得不需要理睬，你喜欢谁，不勒斯是谁，都跟我没有多大的关系。"江鹤齐说，"现在不同了，我有幼清了，她会介意。"他说话如古井无波，沈迦宁听得仔细，每一个字眼每一秒的神态都在她脑海中一帧一帧慢速放映，如此她能准确地捕捉到他对另一个人的情谊。

多遗憾，那个人不是她。

"从十六岁时我认识你开始，你有没有那么一个时刻，是喜欢过我的？"沈迦宁很想把这句话问出口，但她又已经提前预知了答案，没有了问出口的必要。

她叫幼清来摄影棚，存了一番小心思，炫耀也好，示威也好，想叫周幼清看看她在聚光灯下耀眼的一面，谁料到着了周幼清的道。

幼清在等江鹤齐跟沈迦宁谈完，不过四五分钟的时间，然后她陪他去吃午餐。

"都谈好了？"幼清问江鹤齐。

后者攥紧了她的手心说："不过就是几句话，说清楚就没事了。"

幼清淡淡地"嗯"了一声："她说让我去摄影棚看看，我答应了。因为知道你马上就会来，我是故意答应她的。"沈迦宁无形之中向她宣战，她又何尝没有小心机，只不过事后，她却开始有点讨厌这样的自己。

"这样很好。"江鹤齐看着她的眼睛笃定地说，"你不用再介意

江学长，请回答

一个不相干的人，我们之间从来没有其他人，只有你和我。"他西装革履，半个钟头前才从繁重的工作中抽身出来，深灰色的领带上都仿佛还凝滞着一丝森然冷硬的气息，与他平时生活中的休闲做派全然不同。

他向来如此，淡漠而热烈，决绝而深情，这其中不过是不爱与爱的区别。

幼清领教过他的淡漠与决绝，如今终于得到他的深情与热烈。从高中时代起，站在江鹤齐身边的沈迦宁便是幼清寄托羡慕之情的对象，如今她终于不再羡慕任何人。

而沈迦宁这个人，也从此在幼清心里翻篇了。

"我怎么会这么喜欢你呢？"幼清走在江鹤齐的旁边，几乎是以一种无限迷惘的神情在轻声问自己，却不小心被江鹤齐听见。

他抽走了领带，解开衬衫最上面的两颗纽扣，俯身过去给幼清系安全带，故意放慢动作，两秒钟的过程拖得很长，身影几乎将幼清笼罩。他恶劣地吻过她的唇间，声音带着低沉的笑。

"你是不是想反悔？"

"已经来不及了，周幼清。"

"你不可能再全身而退，因为我很爱很爱你，再也没有办法放开你了。"

第七章
Chapter Seven

/ 再撞一遍南墙 /

01

邬奈告诉幼清，她和周斯言聊完了。

SMALL WORLD，邬奈刚唱完一曲，跳下台找幼清喝酒，小疯子不要命地灌自己。幼清抢下她手里的酒瓶，她不在意地笑："度数低，醉不了的！"

幼清从她身上看出来点借酒消愁的意味，平素没心没肺没烦恼，现在只差没在脸上刻字——老子很烦。

"谈崩了？"幼清问。

"他说我和他之间没有可能。"

幼清正愁不知道怎么安慰她才好，她一把举起酒瓶，豪气冲天："那又怎样，总有一天，我要把他斩于马下！"

幼清把准备好的安慰悉数咽回肚子里，这姑娘好像不知道放弃是什么。

"总有一天是哪一天呢？"幼清问她。

邬奈打了个酒嗝，士气又低落了下来："我也不知道。"她活了小半辈子，还没碰到过这样的难题，比高考数学卷上的最后一道大题更难，她可能有很多种解题思路，但是解不出正确答案。如同她不知道该如何对待周斯言，才是正确的。

而到目前为止，她只能选择爱他，顾不得最后得出的答案是否正确。

"只要他还没结婚，我就有机会的。"邬奈倔强地说。

这一年秋末冬初，梧桐树叶都掉光了的时候，幼清找到了合适的店面，租下来请人重新装修，开始着手准备开个小店。江鹤齐横插一脚，非要投资入股，幼清自觉小本生意用不着他这尊大佛，后来还是依着他，收了他的钱，让他成为二老板。

周斯言因为工作上的事情飞了一趟多伦多。

邬奈身体不适，向学校请了一个月的病假，而带她去看病的是赵岑宇。休病假的第二天，她尾随周斯言去了多伦多，在飞机上呼呼大睡，所有病痛消失得无影无踪。

她鲁莽又天真，在家人和朋友的保护下长大，不知道什么叫作求不得，于是要跟周斯言死磕到底。

说起来，她小时候差点和江鹤齐凑成一对，因江爷爷十分喜爱她，但中途出了点差错。事情的起因是她和江鹤齐两人抢石榴树上的最后一个石榴，谁也不肯撒手，最后打起来。按理来说江鹤齐年长她几岁，又是男孩，对付她轻轻松松不在话下。关键是她从小学起的第一样特长就是武术，在棍棒底下长大，对上江鹤齐也不怵。

两人都挨了揍。

江家人一看，女娃娃太剽悍，不好招惹，算了算了，这门亲事还是算了。

他们这个圈子里，以江鹤齐为首，敢跟江鹤齐动手的，也只有邬奈。

这些事周斯言现在并不知道，之后的一个月他会真切并深刻地领教到。到目前为止，周斯言对邬奈最私密的了解，止步于他无意中从江鹤齐口中听说了邬奈这个名字的来源。

邬奈邬奈，隔远点儿听就好像是，无赖无赖，跟取着玩儿似的。

周斯言第一回听到这个名字的时候还诧异过，谁家的父母会给孩子取这么个名字。

邬妈妈是个伟大的母亲，怀孕之后挺着大肚子还能中气十足地跟邬爸爸吵架，两人脾气都大，占上风的显然是邬妈妈，毕竟肚子里还揣着一个，娘俩相互有依靠。甭管谁对谁错，邬爸爸梗着脖子红着脸认错就是了。

据说邬妈妈生邬奈的那天下午，朝邬爸爸扔了一个花瓶，外加一阵大骂，骂他拐她回来欺骗她多年的感情还赖在她身边赶不走，就是个彻头彻尾的无赖。

随后，邬妈妈被送进医院，几个小时后小猴子似的宝宝生出来，

被她妈一锤定音，就叫邬奈。其实是含沙射影，骂的是她老子。

起初邬爸爸不同意，但产妇为大，而且她说了，孩子是她辛辛苦苦生的，她想取啥名都看她心情。在外一身煞气的男人听了脸色变了又变，最终还是忍气吞声顺了妻子的意。

后来，小猴子长成小无赖，又渐渐变成混世魔王。

如今混世魔王遇到了命中的克星。

邬奈在黄昏时分抵达多伦多，外面正下大雪。她清楚地知道周斯言他们一行人落脚的酒店地址，乘车直奔目的地。她装病请假，孤身前来，心中却雀跃不已，犹如一个士气高昂出征战场的将士，抱着旗开得胜的决心。

她要一举拿下周斯言。

周斯言第二天出门时，在酒店一楼的大厅里看见了一个熟悉的身影，她在几个金发碧眼的白人和魁梧的黑人中间显得格外引人注目，他几乎一眼就看到了她。

"邬奈——"他走过去冷声叫她的名字，丝毫不客气。

邬奈捧着咖啡杯老神在在，眼神清澈无辜，还有几分无赖，跟她名字的谐音十分匹配。

"我来玩儿的，真巧啊，没想到还遇到了你。"

周斯言当然不会相信，问："你一个人？"

"对啊。"

"你跟过来到底想干什么？"

"刚刚说了，过来玩儿，度假，不可以吗？"

"还有，谁说我是跟着你过来的？"邬奈笑嘻嘻，厚着脸皮满嘴跑火车，"虽然我是说喜欢你，但你也不要以为我就一定是为了你来的，我只是想丰富丰富自己的生活出来旅个游。"

"翘课出来丰富生活？"周斯言一下抓住重点，"我给你们辅导员打个电话问问，正巧那次留了联系方式。"

"别！"邬奈像小树苗拔高，噌地从沙发上站起来，"对不起，我错了！您高抬贵手。"

身后的助理提醒，周斯言抬腕看了眼手表，他不想再耽搁下去，离跟合作方约好的时间只剩下四十来分钟，无论如何他得走了。

至于邬奈，她并不在他应该操心的范围之内。

周斯言出发之后不久，身边的助理注意到后方有一辆红色的甲壳虫跟了上来。助理正欲开口说话，周斯言盯着后视镜皱眉说："随她。"

这辆红色的甲壳虫是邬奈昨天就租了下来的，作为她的代步工具。为了跟上周斯言，她总得要准备准备。

说起来她追人的法子实在是太不高明，只是一味地表决心，莽莽撞撞。周斯言觉得她不适合他，觉得她还是孩子心性，觉得她的喜欢

也只是一时而不长久。

那她就让他看看她的决心。

幼清以前老提醒她，千万不要喜欢上周斯言，似乎已经预见了之后的艰辛。现在幼清反倒不再劝，说你勇敢大胆地去追一次也好，别留遗憾，大概是因为知道她已经陷进去拔不出来了。

八百斤的大萝卜陷在周斯言这一潭沼泽里，暂时没有任何办法能够脱身。

接下来几天都是如此，邬奈总是很早就出现在酒店大厅等待，周斯言一旦离开落脚的酒店，她就自发跟上，也不打扰，他们的车停在哪里，她就在哪里休息。直到周斯言谈完生意出来，她再一路尾随他回到酒店。

司机是个黑人青年，问周斯言："周先生，你是不是惹了什么麻烦上身？"那辆时时刻刻跟在身后的甲壳虫叫人无法忽略。

周斯言只说："不用管她。"

这一天，他把案子彻底拿下，签完合同，整个人都放松下来，忽然起了点不一样的心思，他没有跟团队一同从大楼里走出去，而是独自乘出租车闲逛，后来干脆去了多伦多周边的小镇。

接下来的三天，邬奈失去了对周斯言行踪的掌握。

工作结束，周氏团队的其他人员已经飞回国内，邬奈清楚地看见，那一行人中没有周斯言。

　　这些日子多伦多的雪一直没有停。天气寒冷，周斯言躲在古董旧货店里看油画和漆器，外面裹挟着雪粒的风呼啸着，几个小时一晃就过去。店主养的加菲猫时不时跑过来用大饼脸蹭他的裤管，意外地很黏他。

　　周斯言撸着猫替它顺毛，莫名地想到邬奈，不知道她现在怎么样，找不见他是不是已经回国了。

　　第四天下午，周斯言接到一个电话，是之前落脚的酒店工作人员打来的，说酒店这边有位客人丢失了行李和钱包，自称是他的朋友，希望能够得到他的帮助。

　　周斯言一问名字，毫无意外，就是邬奈。

　　驾车从小镇返回酒店，不过一个多小时的车程，那通电话结束后，周斯言很快就出现了邬奈面前。异国他乡，他终究放心不下，不论邬奈是不是撒了谎。

　　酒店大厅里，邬奈偎在宽敞的沙发扶手上靠着，一条腿支着地承载身体重心，似乎只有半边屁股坐实了，姿势颇为古怪。周斯言走近了发现，她身上的裤子湿了大半，只是黑色布料，不太容易被人发现。

　　邬奈低头玩着手机小游戏，没有发现周斯言已经到了，消消乐的游戏背景音欢快地传出来。

周斯言不轻不重地踢了她一脚。邬奈抬头，迅速站起身，双手背在身后像个乖巧听话的小学生，也不说话，只睁大眼睛看着他。

周斯言盯着她身上的水渍，冷着脸问："怎么不去房间洗个澡换身衣服？"

"今天上午就退房了。"邬奈没精打采的样子，仿佛刚才还在兴致勃勃玩游戏的人不是她，"我在这边等了你三天，今天收拾好东西准备回国的，去机场的路上被人抢了行李，钱包也全丢了，全部家当只剩下一部手机。"

她可怜巴巴地跟他描述："本来手机都要被抢走了的，我一直紧抓着不放，被车拖着跑了几步就摔倒了。"

周斯言说："报警。"

邬奈点点头，这套说辞她不知道他信没信，亦步亦趋地跟在他身后去了前台。周斯言办理手续重新开了一间房，忽然回头问："既然手机还在，为什么不自己给我打电话？"

他突然停下脚步，邬奈不留神撞到他的背。她揉了揉有些红的鼻头，显得更委屈了："怕你不接。"

周斯言推了她一把，催她去房间洗澡。

邬奈冻得厉害，在浴缸里舒舒服服地泡了一个澡，等她裹着浴巾再出来，发现床上摆着一套全新的衣服，从里到外一应俱全。

周斯言抬抬下巴，示意她换上，语气平淡："托酒店服务员去买的。"

邬奈心情矛盾，抱着一堆衣服又回了浴室。她觉得周斯言是关心她的，他对她并没有表现出来的那么冷淡。这样一想，被晾了三天的怨气和委屈就消散了不少。

邬奈拿起手机擦了擦屏幕上蒙着的一层水雾，打开备忘录看了看之前自己立下的 flag：一举拿下周斯言。

她不由得笑了笑，又拍了拍脸，给自己加油鼓劲。

她在浴室待的时间太久，周斯言过来敲了两下门，问："你还没换好衣服？"

邬奈立即打开门，朝他露出一个势在必得的大大的笑。

周斯言领着邬奈去了一趟警察局报案，从警察局出来之后已经是傍晚。有周斯言在身边，邬奈心情一扫之前的阴霾，走个路也蹦蹦跳跳的。

"我饿了。"她说，"你请我吃饭吧，等回国了，我再请你。"到时候又多了一个约他见面的理由。

"你想吃什么？"周斯言也许是见她下午的样子太可怜，起了恻隐之心，对待她的态度还算温和。

邬奈十分容易得寸进尺，藏在羽绒服口袋里的手指溜出来抓住他的胳膊晃了晃："我都可以啊，只要跟你在一起，吃什么都好。"

"那你饿死算了。"

“我饿死了你会哭的，你一定舍不得我。”

“你可以试试看。”

“……”

灰蒙蒙的天空仍然飘着雪花，街道两旁商铺的橱窗里折射出昏黄的光晕，明与暗交织，视线所及之处的一切仿佛披上一层温柔又隐晦的滤镜。邬奈压了压帽檐，她跟周斯言戴着同款的防寒帽，没有打伞，一起走在碎雪中。

她几乎快要得意忘形，以为下一秒周斯言就会接受她的心意。

“吃完饭我们去滑雪吧？”邬奈提议。

周斯言想想不久之后回国即将面对的那些事，对她又心软了，点头答应。

在冰上飞驰的时候，邬奈又贪心了一点，想着或许再早一点来，可以看看这边美不胜收的秋景，像被打翻了的调色盘浸染了一般的山林，漫山遍野姹紫嫣红胜似春天。

那么等明年秋天，无论如何，她都会想办法把周斯言拐过来跟她一道赏枫叶。

02

邬奈的行李在两天后全部找回，周斯言一刻不停地订了两张机票，邬奈在旁边唉声叹气："好时光易逝啊！"

"你最好赶紧回学校上课，"周斯言别有深意地说，"戏演过了会穿帮。"

邬奈缩了缩脖子，拢了拢衣袖，心里慌慌张张。她刚给人转完账，被人抢行李其实是她自导自演的一出戏，她自以为天衣无缝，现在听周斯言的语气却感觉他似乎已经知道了些什么，说不定早已经看穿，只是不说破。

周斯言在飞机上补眠，邬奈则看着他补眠。

她都感觉自己有点神经质了，无时无刻不在心痒痒，就恨不得一口气把眼前的人搓成一个糯米团子整个儿吞下去，也许只有这样她才能踏实了。

越得不到的，越叫人心痒难耐。

"你总看着我做什么？"周斯言睡眠很浅，微眯着眼睛醒来。

邬奈讪笑，伸长了手，狗腿子似的替他捏了捏身上的薄毯·"你继续睡，你继续睡，我在寻找灵感写曲子呢。"

"你能从我脸上找到灵感？"

"嗯嗯嗯……"邬奈一个劲地点头，特别真挚地说，"看着你我就能源源不断地产生各种各样的想法，我都控制不了我自己。"

周斯言把头偏向另一边不再理会她。

邬奈嘚瑟的心情在飞机落地，他们出机场的那一刻戛然而止，前来接机的不是邬奈料想中的周斯言的司机，而是一个身材微胖的年轻女孩。微胖女孩一看见周斯言就迎上去说："夏霜在前面的车里等您。"说着目光还不断往邬奈身上瞟。

微胖女孩是夏霜的生活助理，邬奈明白过来。

邬奈发愣的片刻，周斯言问她："你自己打车回去还是跟我一起走？"

邬奈虽然不想看到他和夏霜在一起的画面，但这个时候她没有理由退缩，当然要趁机会一会她目前最大的竞争对手。

"一时半会儿可能打不到车，我跟你一起走。"她耸了耸肩膀说，"麻烦把我送去麟大，应该顺路吧？"她后半句话问的是微胖女孩。

微胖女孩身上透着股机灵劲儿，心里揣测着她跟周斯言的关系，脸上维持着十足的客套："顺路！来，我帮你把行李放后备厢。"

车门打开，里面坐着个戴半边口罩的女人。她正低头刷着手机，抬头和周斯言目光相撞，立即笑开："你来啦。"说着彻底摘掉口罩，露出妆容精致的全脸，又看到他身后的邬奈，多少感到意外，完全没想到周斯言身边还有其他人，"这位是？"

邬奈越过周斯言跟她打了个招呼："嗨，我叫邬奈。"

"你好，我叫夏霜。"

江学长，请回答

"我知道你，"邬奈说，"大明星嘛。"

夏霜笑了笑。

周斯言跨上车，坐在夏霜身边。邬奈紧跟其后，本想跟他们挤在一排，但见地方不太宽敞，只好勉为其难挪步去了后一排。

绯闻女友接机，原本是件暧昧的事，因为多出的一个人而暧昧减半，尴尬翻倍。主要尴尬的也就夏霜一个人，周斯言许是旅途劳顿完全丧失了开口说话的欲望，跟夏霜没聊几句就闭眼假寐。邬奈倒是精力无限，趴在前排的椅背上跟夏霜打听娱乐圈的八卦。

夏霜实在摸不准邬奈的身份，以为她是周斯言的朋友，完全没想到邬奈与周斯言会有感情纠葛，会是自己的"情敌"。夏霜一点儿没往那方面想，主要是邬奈与周斯言这两个人气场实在太不契合，站一起也没人会觉得他俩匹配，要说是兄妹关系那还靠谱点。

等后来夏霜知道了，后悔莫及，她就不该搭理邬奈小魔头的。

现在仍被蒙在鼓里的夏霜还想着通过讨好邬奈来巩固与周斯言之间的感情，邬奈向她打探娱乐圈八卦，她则向邬奈打听周斯言的饮食爱好。

"他呀，他不吃牛肉，喜欢吃鸡胸肉。"邬奈看看闭眼休息的周斯言，压低声音告诉夏霜自己知道的情报。

其实周斯言偏爱吃牛肉，不吃鸡肉。

"他喜欢吃石榴，最讨厌牛油果和榴梿。"

其实周斯言最喜欢的水果是黄桃，没石榴什么事。

"他口味偏重，喜欢吃辣，最喜欢的一道菜是宫保鸡丁。"

其实周斯言口味一贯清淡，几乎不吃辣。

邬奈有一次跟着幼清去了一趟周家老宅，缠着老管家问了个详尽，把周斯言的饮食习惯都摸清楚了，自然不可能平白便宜了夏霜。她胡说八道，夏霜打开手机备忘录，还记了几条重要信息。

小憩中的周斯言听得一清二楚，眼皮跳了两跳，最终也还是没有多嘴出声，只当自己没听见。

邬奈开心地捣了乱，下车之前还跟夏霜互加微信留了联系方式。

麟大校门口前各种夜市摊子已经开始张罗着做生意，纷纷支起了折叠帐篷，风中飘着孜然味儿，烟火气息倏然浓了。周斯言让夏霜等等，自己跟着邬奈下了车，把人拉到旁边说几句话，有事情要交代。

邬奈拉着行李站在路灯下笑："你是不是舍不得我呀？"

周斯言没工夫跟她废话，说话毫不留情："你爱玩，之前在多伦多我也配合你玩够了。现在回国了，一切回归正轨，你好好待在学校上课准备期末考，别再来找我了。"

他每多说一个字，邬奈脸上的笑就收敛一分，到最后她僵着脸杵在原地垂头丧气地盯着地面。长长了的头发别在耳后又被凛风吹乱，不知道是不是因为冷，唇上也没有了血色。

连夏霜和她的助理都渐渐等得不耐烦，纷纷从车里探出头来张望。邬奈才挪了挪脚，稍微拉开与周斯言之间的距离，这样更方便她看清楚他脸上的表情。

"你这是要跟我分手的意思吗？"邬奈问。

"我们从没有在一起过，没有分手一说。"周斯言说。

邬奈抿了抿唇："在多伦多那种，就我看来，也算在一起了。"

周斯言不欲跟她多说："我现在跟你说清楚了，以后不要再来找我了。"他说到后面终于缓和了语气，真正像个长辈那样规劝她，"你还小，奈奈，你会遇到比我更好的人。"

邬奈撇撇嘴，努力活跃气氛想开个玩笑："你说的好像烂俗偶像剧里的台词喔。"

夏霜离他们相隔有一段路，完全听不见这两人在说些什么，不太像是起了争执，但是隐隐望得见两人神情都颇为凝重。又迟迟不见周斯言过来，夏霜于是打电话过去询问："是不是发生什么事了？"

周斯言说："你要是有事可以先走，把我的行李放路边上。"他只是陈述事实，语气完全没有波澜起伏，倒让夏霜以为他是生气了。夏霜心里惴惴不安，泄愤似的揪了一把小助理身上的肉，小助理疼得龇牙，无辜地看着她。

夏霜现在倚仗周斯言做靠山，不敢有半点得罪他："没有……我没什么大事，还是再等等你好了，回去也是闲着……"

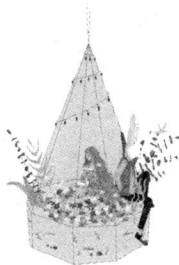

明明之后还有一个酒会要参加的，小助理心里嘀咕，但又不敢出声。

"还有事？"周斯言问夏霜。

"没……没有。"夏霜手一抖，挂断了电话。

邬奈这会儿显得特别善解人意，她语气轻松："在催你了吗？那你赶紧走吧。你刚才说的那些话我就不当真了。"

"我是认真的。"周斯言说。

邬奈妄图从他眼睛里找到一丝犹疑和不忍，漆黑瞳仁，装裹着的全是严肃。邬奈其实明白，他这样的人根本不爱开玩笑。

她身上穿着酷酷的黑色外套，是他在多伦多的商场里给她买的。脚上的鞋，她很喜欢，也是他选的。她钱包丢了行李丢了一个人在国外无依无靠的时候，他就兢兢业业地照顾她，对她好，差点让她以为他对她也是有那么一点动心的。

可那只是她的错觉。

她几近哀求地看着他，也没有用。

无论她做什么，怎么垂死挣扎，面前的这个人都不可能属于她。

金属拉链被粗暴地往下拉扯发出很重的声音，艰涩又刺耳，邬奈费劲地把身上的外套强扒下来往周斯言身上扔，脚上的鞋也被她踹飞了，一只飞去马路边，一只擦过周斯言的裤腿滚到了水沟里。

"都还给你！"她朝他吼。

路过的行人不由得侧目，好奇地望着他们。

周斯言不知道她又突然发什么疯，也还在状况之外，莫名被甩飞的衣摆盖了一脸。

晚间气温低，阵阵吹过来的风冰凉地贴着皮肤摩挲，见邬奈冷得身子发抖，就穿一双薄袜站在地上，周斯言顾不上其他，擒住她的双手："闹什么！"

邬奈在他怀里挣扎。周斯言手背不慎触到她脸上，湿哒哒一片，他心里一紧，低头去看，邬奈竟然哭了。她倔强地咬紧了唇奋力压抑着眼泪，但效果甚微，伤心时控制不住自己，泪腺不断分泌出温热的液体。

周斯言大概也被她这蓦然一哭给唬住了，心中有愧疚滋生。不待他思索出个解决办法，邬奈已经开始挽回颜面，抬起胳膊狠狠擦了一把脸，如同被按下了冷静键。

似乎刚才没忍住哭的人压根不是她。

可说话的声音仍不稳，打着颤儿，语气却分明又是干脆的："下周，你抽出一天时间来跟我约会，就这一次，以后我就再也不缠着你了。"

她说完就拖着行李箱赤着脚飞快地跑起来。箱轮与深色的柏油地面摩擦发出嘈杂的响声，她像一辆小火车一样劈开夜雾驶进夜色中，然后消失不见，不给周斯言任何拒绝的机会。

后者头疼地揉了揉皱起的眉心。

03

周斯言刚回国，公司积累了大量工作要处理，要腾出一天来，也只能挤周末的时间。他仔细看了自己的工作安排，发短信告诉邬奈时间定在周日，然后便把手机扔给助理，不再理会。

邬奈去学校销了假继续上课，班上不知情的同学围过来问她身体怎么样了，她全都编着谎话圆过去。还有 SMALL WORLD 的老板也留意着她的消息，问她什么时候继续去酒吧驻唱，与其说是关心她，不如说看重她身后的人脉关系。

邬奈走的这些天，乐队的几个人成了一盘散沙。她作为主唱缺席，平日里的排练和演出也不太能进行得下去。大家各忙各的，乐队如同散了，也就架子鼓手肖远联系过她几次。

下午上完课，邬奈出了南校门，踩着单车往小巷子里钻，商贩叫卖和喧哗的人声逐渐被甩在了身后。越往里头去，越显得僻静起来，旁边的草木萧条，树杈被寒风吹秃了在偏西的日头下发颤。天是个晴天，空气泛着寒。

途经一片旧厂房，大部分房间都空着，隐藏在树群之后更显荒芜。麟大的学生倒把这地方当作了一块宝地，地方宽敞租金低廉，有美术

学院的过来租一间用作画室，也有其他标新立异的社团租了用作活动场所，爱怎么折腾怎么折腾。

邬奈头一次来的时候正好赶上一场人体行为艺术展，大胆另类，令人瞠目结舌。她被脚下的门槛绊了一下，扶住她的是个作小丑打扮的人。鼻头被颜料涂抹得通红，眼睑下拖出黑色的眼泪，原来隔壁房间正在进行化装舞会。

邬奈顿时觉得这地方有意思，跟乐队的人一合计，决定也租一间当作他们的"根据地"，也算有个落脚的地儿。当然租金平摊下去，邬奈还是主动揽了大头。

把单车往铁栏杆上一锁，邬奈轻车熟路地朝乐队基地走，里头隐隐传来摇滚乐声，是有人在的。她打开门一看，几个和她差不多大的少年缩在沙发上玩扑克牌，一股不怎么新鲜的泡面的味道混合着烟草味扑面而来。邬奈下意识地捂住了口鼻。

旧沙发软得能把人吸进去，皮质剥落，斑斑驳驳，样子已经不太好看，还是他们当初一起在老集市上淘回来的。沙发底下扔着随处可见的烟头和瓜果壳。房间里音乐一刻没停，乐器却搁在一旁没人动。

邬奈心情极差，觉得没块干净的地方能落脚让她走进去。

打牌的几个人除了乐队成员还有她不认识的，两个面孔陌生的女孩亲密地依偎着而坐，率先发现她进门了，用胳膊肘推了推其他人。

大家这才发现邬奈。

她对外宣称生病请假，脸色寡白，精神看着也确实不如以往好，表情淡淡的，不如以往活泼。

音乐嘈杂，大家说话都是用吼的。

"邬奈你回来啦！"

"这些天在家玩得怎么样？"

"病好了没？"

无非是这几句。

邬奈似笑非笑地牵扯了两下嘴角。

墙角有她落在这里的一把吉他，她拿了就走，没给谁好脸色看，留下一屋子人面面相觑。只有肖远扔了烟头踩着鞋追上去，把人拉住了："邬奈，等等——"

"我没在，你们就是这么训练的？"邬奈问。

肖远面子上挂不住，还想解释两句，又觉得事实如此不好辩解，讪讪地收回了拉住她的手："你不在，大家也不好排练。"

"嗯，所以在这儿抽烟喝酒打牌。"邬奈朝他摆摆手，"你回去继续玩吧，我没什么事。"

"那你……"

"我以后就不来了。"她似乎也不是很在意，"乐队也组建这么久了，迟早要散，陈素和邱钧他们明年就大四了得出去实习找工作，我心里也有数，知道走不了多远。本来就是凑到一起玩票的兴致，早晚有这么一天。"

肖远忽而有点捉摸不透眼前的女生，一直以来，邬奈才是玩得最疯的那个，至少从表面上看是这样。她虽然年纪不大，但见识广眼界宽，凡事胸有成竹，总一副天不怕地不怕的样子，也不缺钱，所以一帮人常跟着她混。如今她要抽身离开也没显得有多伤心，至少是曾经付出了感情的，寻常人哪能做到她这样。

邬奈掏出手机翻出周斯言发的消息看了又看，他说周日见。

她笑了笑，告别了肖远不再回头，骑着单车一溜烟儿走了。

邬奈数着日子等周末来临，日子过得索然无味，又在期待中充满希望。说好了的，最后一次约会，过后她便不能后悔，再也不去找周斯言。这话说得太狠了，不留余地，但她还有后招。

她精明着呢。

少了乐队那一个去处，她可以待的地方不多，几次联系幼清发现幼清现在也忙得很。

陶艺店的地址已经选好，店面租了下来，目前正在搞装修，幼清亲自选材监工，每天早出晚归，连江鹤齐都被冷落了一阵。

恰好幼清去挑选窗帘的店离麟大不远，就约了邬奈见面，一起吃个晚饭。

去的还是学校外面的小吃街，邬奈比幼清挑剔，故而是她挑的店。店里还算整洁干净，生意火爆，只剩一张空桌。邬奈掏纸巾把塑料凳擦了一遍才坐下，用开水烫筷子。

幼清坐在对面看她："怎么好像瘦了？"

邬奈摸了摸脸颊："真的？"

"我瞧着是这样的，不知道是不是错觉。"

"瘦了好，瘦了让人心疼。"

这话让幼清大跌眼镜，她笑道："你还是我认识的邬奈吗？"

邬奈用手掌托着额，吹开水杯里的茶叶沫子，喝了口开水润喉："你哥哥杀伤力太大了，我已经不是我了。"

"我一早就说了让你离他远点儿的。"

"我哪知道我会陷进去。"她垂头丧气了一会儿。

店老板在喊号，说她们俩的牛肉面好了。

一人一大碗，分量很足，汤汁浓郁。

邬奈敲了敲碗沿，发出清脆的响声。她说："在家的时候我这么干肯定会被教训，我们家规矩特多，什么食不言寝不语的，吃饭就得规规矩矩地吃饭，叮叮当当的就会被说不像话。他们越束缚着我，很多事我就越想干……越刺激的事情，我就越想试试。"她分明意有所指，"搞定周斯言这么刺激的事情，我就更不能错过了。"

"你这是天生反骨？"幼清问。

江学长，请回答

她嘿嘿一笑，话题转得飞快，露出颇为困扰的样子："四嫂，要是我真搞定了周斯言，和你这辈分要怎么算啊？我岂不是也成了你嫂子？"她像碰到了天大的难题，抬头望天花板。

幼清拌匀面条，夹了一筷子放在嘴边吹了吹："这个问题等你把人搞定了再来愁，先吃面，快糊了。"

面吃到一半，江鹤齐来寻人。

他跟幼清各有各的忙，最近连坐在一起吃饭的时间都不多。他比幼清更有危机感，两人相互商量着定了条规矩，无论如何，晚上九点前必须回家。赵岑宇那一帮人也不太能得逞住他，夜生活化繁为简变成家里的沙发、电影、暖手的茶。反倒在父母那儿得到的夸赞比以往好几年累积起来的都要多，江父说他终于有了事业心，他笑笑说毕竟是要养家糊口的人了。陆蕾大概也放了心，连查岗都不太来，只偶尔叫夫妻二人回去吃顿饭。

小店空间狭窄而幽长，夹缝中生存，门前还摆着帐篷摊了，也都客满。江鹤齐好歹也是麟大毕业的，幼清一报店名，他不费什么劲儿就找了过来。

顾客多是学生，冬天又穿得厚实，不太讲究地裹着蓬松臃肿的绒睡衣从寝室直奔出来，哆哆嗦嗦喝着啤酒，吃着串儿。故而穿西装大衣的江鹤齐迈步进来，格格不入，又分外惹眼。

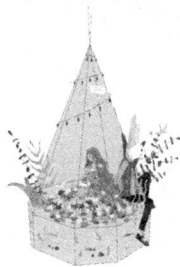

他看到幼清，见她嚼着劲道的面条，脸颊鼓鼓的。越过两个垃圾桶，他拎起角落的一张椅子坐在她旁边。

"四哥！"邬奈喊道。

幼清问他："你吃了吗？"

"今晚项目组聚餐，我吃完了才过来的。"江鹤齐说。

幼清凑过去闻闻，他衣领上沾染了淡淡的酒气。

江鹤齐挼了挼面前毛茸茸的脑袋，笑着问："闻出什么来了？"

邬奈转着眼珠看热闹，用堂堂乐队主唱的一把好嗓子接腔，唱着："你身上有她的香水味……"

江鹤齐视线平静地扫过去，笑得眉目温和不带一点儿煞气："有你什么事，电灯泡。"

邬奈哼哧哼哧吃面，被气得不轻。

江鹤齐跟幼清说："原来不打算去聚餐，就没跟你说了。后来见你发消息说跟奈奈在外面吃，我就随大流一起去了酒店，他们吃完饭还有别的活动，我没想过去，直接过来找你，也没有喝酒。"他在解释也在求表扬，脸上有挥之不去的强烈的少年感，眉睫清俊，幼清不敢多看。

看多了脸红，如同被灌了辛辣的白酒。

她果断同邬奈一样埋头把最后几根面条吃完，擦了擦嘴，吃得身上微微发热，鼻尖上隐隐有汗。

江学长，
请回答

夫妻俩跟邬奈在路口分手，江鹤齐临走前投下一枚重磅炸弹："奈奈，周斯言跟夏霜已经确定要订婚了。"连幼清也没听见半点风声，不知道他从何得知的消息，但如果没有核实确定，他万万不会告诉邬奈。连蒋跃都看出来了，说奈奈可能要跟周斯言死磕到底。

邬奈问："时间定在哪一天？"

江鹤齐说："具体哪一天我还不知道，大约是在半个月以后。"

邬奈点点头，失魂落魄地走了，像是已经艰难地接受了事实。

江鹤齐却清楚没这么简单，他对幼清说："要做好收拾烂摊子的准备。"

幼清不确定地问："奈奈会闹？"

江鹤齐无奈地说："说不定，反正她不会安安静静就这么算了。估计她刚才是没缓过神来，等她缓过神来了就会动歪脑筋了。"

虽说做不到感同身受，但幼清大概能明白邬奈的心情。她思来想去，没有任何办法可想，邬奈既不能让时间倒退回到认知周斯言之前远远避开他，又不能穿梭到几年之后过上自己的生活慢慢淡忘他，她困在中间举步维艰。

"你就别想了，一切顺其自然。"江鹤齐把幼清的手揣进大衣口袋里，"店面装修进行得怎么样了？"

"进度有点儿慢，今天刚开始刷墙，我去市场上挑了几款窗帘，

还拿不定注意，回家了你帮我看看？"

"嗯。"江鹤齐问她，"会不会太累了？"不由得放慢了脚步，迁就身边的人。

幼清亲密地贴着他的大衣，一道穿过夜色的马路去对面取车。其实多多少少会感觉到辛苦，但同时也享受这亲力亲为的快乐。那将是一个完完全全属于她的小店，她想看着它诞生。

"如果你觉得累，又放心不下，大可以请个人过来监工。"温暖的口袋内，江鹤齐扣紧了她的手指，稀松平常又带笑的口气，"我养你啊。"

幼清乐了，唇边弯出好看的弧："这么好吗？"

"我的荣幸。"

"才不稀罕你养呢。"被偏爱的有恃无恐，被纵容了这些时日，她也开始小傲娇。

江鹤齐舔了舔干燥的唇，面前飞速驶过的车像一枚擦燃的火柴沿着既定的轨道掷向远处，同时响起的噪音顷刻间盖住他的声音："是啊，江太太那么厉害，都不需要江先生了，让他非常失落。"

幼清却听得一清二楚。

她微微偏过头仰着下颌看他，声音很轻却郑重："需要的，我一直都很需要你。"

他可能不知道，她甚至一度觉得，没有他的参与，她的生命将会是不完整的。他的存在本身已经是一种无可替代的需要，她因此而圆满。

否则，一生都是遗憾。

04

周斯言本以为自己会在忙碌中忘记周日的安排，奇怪的是，他每一次看日历都能想起在麟大校门前分别时邬奈的背影，带着她独有的倔强和落寞。

周日到来时，早上他拉开窗帘，窗外冷雾茫茫，寒鸦扇动翅膀在视线中留下一闪而过的灰影，他觉得是时候把一切画上句点。

冥冥中又感觉到，或许没那么容易办到。

因为对方是邬奈。

两人约会全程由邬奈安排，并没有什么新鲜，她打听来别人的经验，一块儿去游乐场动物园，一块儿逛街购物看电影吃饭，和无数对情侣一样。但是，因为她这还是第一次同人约会没有经验，周斯言同样恋爱经验为零，这份不新鲜的行程对两人来说反倒有些特别。

上午八点半，周斯言准时去路边接邬奈。车停在路口等红绿灯，他越过车流看见不远处的影子，轮廓是模糊的，看不清脸，却很容易就辨认出来是她。

邬奈昨晚出去做了造型，认真打理了头发。今早又把隔壁寝室号称美妆达人的姑娘从床上拖起来替她化了一个妥帖的淡妆。衣服更不必说，挑了快一星期，总算选出几件合适的，浅色系，色调柔和，衬得她没那么张扬。

她下意识地觉得，周斯言可能希望她安分点儿，别太张扬。

周斯言的车到了面前，她的第一句开场白配上刻意为之的微笑展现在晨雾里："早上好啊。"似乎全然不知周斯言和夏霜已经要订婚的消息。

"早上好。"周斯言下车，绕到另一边替她开了车门。

邬奈也就矜持了片刻，一起去早餐店里喝豆浆的时候就破功了，嘴唇上一层奶白的膜，还兴高采烈地跟周斯言推荐："怎么样，好喝吧？这家店的豆浆是老板娘自己用黄豆磨的，原汁原味！"

周斯言也还算给面子，喝了一大碗。

他指指邬奈的嘴，示意她拿纸巾擦干净。后者浑然不在意，伸出粉红的舌尖灵活地顺着唇型舔了一圈。

"你是小孩子吗？"周斯言嫌弃。

"嗯哼。"邬奈歪头笑了一下，装可爱，"也差不多啦。"说完自己先起了鸡皮疙瘩。

"你正常点。"周斯言睨了她一眼。

她天真无邪眨眨眼："你拿我当小孩子，多让一让我，反正就这一天。"

"巨婴吗？"周斯言口不饶人。

邬奈早就习惯了，拍桌子走人："接下来咱们去动物园，出发！"

说她是孩子心性也没说错，她提前在网上买了两张动物主题乐园的门票。

这家是新开的，主打萌宠亲密互动，里面许多娱乐设施适合小朋友与家长一起体验。

刚到门口就碰见领队的老师带着一群小朋友过来玩耍，个个戴着明黄的小圆帽，背着小书包，手里攥一面旗子。脸庞稚嫩，声音清脆，萌翻一票人。

小朋友们成堆，造成通往人造雨林的小道堵塞，此路暂时不通，邬奈和周斯言干脆慢吞吞地跟在他们后头。

邬奈胳膊肘捅了捅周斯言："我也想要小旗子。"

"别装嫩。"

"我不用装，我本来就很嫩。哪像你……"周斯言今年二十七岁，大好年华，跟邬奈一比竟成了她口中的老男人。

他似笑非笑："你别跟我比，你跟前面这群小家伙比也就是一老太婆。"

"哈，本老太婆配你这个老大爷不正好嘛。"她又高兴起来，总

能想方设法安慰到自己。

"我还想戴他们头上的圆帽子。"邬奈不要脸，怂恿周斯言去抢小豆丁们的帽子给她试试。

周斯言见她没一刻安分，开始头疼，直言道："你的头太大了，戴不下。"

"说好了要让一让我的呢？"

"谁跟你说好了？"宇宙直男周斯言说，"我可没跟你说好。"

路过的草坪上散养着大群的鸽子，自在地溜达着，也不怕人，会亲近喂食的游客，主动去人手心里啄食。羽毛的颜色大多是雾霾灰，尾部点缀着一两圈白，邬奈蹲下来发现它们的眼睛也是灰色的。

她向空中抛了一把食，成群的鸽子飞扑过来，像一片深沉的云翳。

然后，她转头就跑，差点撞到身后的周斯言，过后又后悔，刚才不如耍流氓直接撞进他怀里。

欸，机会难得，她怎么就没有把握好。

相比于鸽子，邬奈更喜欢喂长颈鹿和羊驼。她遇到的几只羊驼模样看上去都丧丧的，又丧又乖，从木栏的缝隙中探出头来要食。

旁边的小朋友都在喂它们胡萝卜。一小篮子十元钱，周斯言把竹篮递给邬奈，她拿胡萝卜送到羊驼嘴边，喂着喂着，不由自主自己也张嘴啃了一口萝卜，是甜甜的。

小朋友们一个个都惊呆了。

邬奈把咬了一口的萝卜继续喂羊驼，羊驼居然迟疑了两秒，才开始张嘴。

"它嫌弃我？"这次轮到邬奈不可置信地问周斯言。

周斯言明晃晃地嘲笑了她。

邬奈记仇，后面深入主题馆看到玻璃箱中住着的蛇与蜘蛛，周斯言脚步放慢，视线老往墙壁上飘，就是不肯直视箱子里的生物。邬奈忽然明白过来，周斯言好像在害怕。

周斯言怕蜘蛛，这是连幼清也不知道的秘密。大概也就周家老宅里的管家和阿姨清楚一二，因为有过那么几次，周斯言发现了在卧室窗帘上驻扎的蜘蛛后头皮发麻，还为此发过脾气，叫人清理干净之后强迫症发作，窗帘要全部拆了换新，卧室要进行大扫除。

他初入周家时身份尴尬，也活得低调，再加之他的性格寡淡冷漠，从不闹事找碴，上至周家爷爷下至周家的用人都对他比较放心。几次闹出动静都是因为小小的蜘蛛，幼清曾经见他房间突然大清扫，问过发生了什么事情。周斯言丝毫不泄露，被蜘蛛吓白的脸紧绷着，说房间灰尘太多。

"你是不是害怕呀？"邬奈问他。

周斯言没说话，邬奈试探着握住他的手。原本还存着吓唬他的心思，这一秒灰飞烟灭了。

"别怕啊，我保护你。"

周斯言沉着脸色看她，不知是不屑还是不相信。

"真的，我很厉害的。"邬奈向他保证，她确实不太怕这些动物。

从工作人员手中接了一条绿色的蜥蜴放在身上，她得意地扬了扬眉。

蜥蜴趴在她肩头，她小心翼翼地不干扰到它，举起双手，冲周斯言摆了一个心。

空气中似乎真的有一颗看不见的透明的心飞到他面前，而他无处安放。

下午逛街看电影对周斯言来说也是难得的体验，更何况他还有伴，这与在家庭影院里一个人陷在沙发床里静默观影的感觉完全不同。

他跟邬奈排队买票，刚好前后也是两对情侣，说话的样子显得无比亲密。邬奈钩住了周斯言的手，他笃定他挣开之后她又会继续缠过来，索性没费劲动手指头，随她牵着。

邬奈右手得空，低头刷了刷手机，敏感地发现幼清和江鹤齐已经换上了微信情侣头像。

简笔画，两个穿毛衣的小孩，风格一看就是一对。

邬奈有点羡慕，扬起手机给周斯言看："咱们也来换头像吧？"

"不要。"周斯言果然拒绝了。

江学长，请回答

"真的不行吗？"

"不行。"

"咱们今天是在约会耶，而且是第一次，你就不能顺着我吗？"
她偷换概念，虽然是第一次，但也是最后一次，她却不忍心说出来，
怕一语成谶。

排在前面的一对情侣听见他们的对话回过头来偷偷打量，以为他
们是吵架了，结果又发现不太像那么回事。邬奈表达诉求，周斯言驳
回诉求，邬奈再次提要求，周斯言屡次拒绝，邬奈没恼，周斯言没烦，
他们俩语气平淡，别人听着太稀奇。

这男的怎么还能活着，怎么没被他女朋友打死。

——奇迹啊。

周斯言突然回头张望，感觉有镜头在暗处对准了他们，他问邬奈
有没有察觉到。邬奈笑他臆想症发作，问他喝不喝可乐。周斯言不喝，
被塞了桶爆米花进怀里。

情侣头像最终还是没换成，电影开始前他们入了场。座位靠后，
这一场的观众不算多。

邬奈挑的一部小众的国外悬疑爱情片，来的大部分是两两一起的
年轻情侣。

她还发现，犄角旮旯分外受大家欢迎。

"怎么大家都爱往角落里跑？"她忽然想到什么，开玩笑地跟周斯言提议，"反正这一排除了咱俩没别的人了，咱们也把座位挪一挪坐到旁边去吧？"

周斯言问："你想干什么？"

邬奈坏笑，周斯言傲娇地说："我是不会给你亲的。"

邬奈气急败坏，这人目光毒辣居然看出来她心里在想什么，嘴上却不承认："虽然我是喜欢你没错，但你也少自作多情，本大爷压根没打算赏你一个吻。"

周斯言环顾四周，说："这里安装了夜间摄像头，在监控室里连每个人的脸都能看清楚，你别想做什么过分的事。"

"真的假的？"邬奈立即变得警惕。

"你做贼心虚。"

"完全没有！我完全没有想过要冒犯你。"

"只不过……为什么要安夜间摄像头呢？不厚道吧？"邬奈讪讪，这样一来，她原本打算趁光线昏暗趁气氛正好时按着周斯言在椅子上亲的完美计划就被打破了。

这家影院正好是周家旗下的产业，周斯言很有发言权："纯粹为了顾客的安全考虑，初衷是给观影者创造一个安全的观影环境。"

"但是这样有侵犯顾客隐私的嫌疑啊。"邬奈说。

"如果你不做什么出格的事情，没有必要有顾虑。"

邬奈嬉皮笑脸凑过去，表情坏坏的："如果我突然想做什么出格的事情呢？"

周斯言的嘴一贯毒："这是电影院不是宾馆。"

"关键是你也不愿意同我去宾馆哪。"邬奈嘴上没个把门的，什么都敢说。

周斯言眼神冰冷，侧脸上铺展着一层半空洒下的光。邬奈闭了嘴，大厅里的灯光瞬间熄灭了，只剩前方巨大的荧屏将视线占据。

电影开篇响起悠长的大提琴音，画面切入，一望无尽的常绿阔叶林如诗如画，主人公驾车在公路上前行。

邬奈捏着爆米花塞进嘴里，牙齿很轻地咬着，告诉自己，以后充满变数，无论如何，享受这一刻。

很久之后，她忘记了这一天的电影情节，却奇妙地记得这种心情。她把左手搭在两人中间的扶手上，掌心里握着冰可乐，冬天喝冷饮，凉气严丝合缝贴合着皮肤，她很想使坏地把冰棍似的手指伸到他侧颈，伸进他衣领里去，他一定会冻得瞬间打哆嗦。

光想想，也能偷着乐了。

可惜有贼心没贼胆。

她脑袋里还有许多稀奇古怪的想法冒出来，如果有他参与，她想，一定很有趣。

在邬奈看来，他们这一天的约会进行得都颇为顺利，只是等到晚上吃饭的时候，周斯言在饭桌上接了个电话，片刻之后就要离席而去。

　　"公司临时有急事要去处理，恐怕不能陪你吃完了。"他说。意在表明，约会到此为止。

　　邬奈擦了擦嘴，也跟着起身，要跟他一块去。

　　"说好的一天就是一天，一整天。"她强调道，"没事儿，你忙，我保证不打扰你。"

　　周斯言没工夫再跟她周旋，直接把她带到公司。

　　一路上，邬奈果然如她所说没有捣乱，车窗外霓虹闪烁灯红酒绿，她照旧玩她的手机"消消乐"，听周斯言一边开车一边戴着蓝牙耳机打电话，有条不紊地吩咐助理去家中书桌上拿一份文件。

　　邬奈通关了，车子也停了下来，抵达目的地。

　　随后，周斯言风风火火地进了会议室，邬奈留在外面等他。

　　周氏也不知出了什么大事，大楼内灯火通明，过往员工皆步履匆匆，一个个面色凝重。邬奈百无聊赖地坐在椅子上等，连个招呼她的人也没有，后来渴了，自己摸进茶水间泡咖啡喝。

　　这场临时会议进行了两个钟头左右，磨砂玻璃门被推开，里头的人陆续出来，神情疲惫不堪。周斯言走在最后。

　　夜晚总显得寂静，脚步声被放大了，明亮的灯光也刺眼起来。

江学长，
请回答

他似乎没想到邬奈还在，以为她多半耐不住性子早走了，毕竟他把她一个人晾在这边，但凡有点小脾气的姑娘都踩着高跟鞋走了，何况这人是邬奈。

邬奈闭着眼睛在打盹，室内开着暖气，但她可能还有点儿冷，身体瑟缩着，脖子藏在衣领里，看上去是个不太舒服的睡姿。

周斯言走过去在她旁边坐下来，脱了外套盖在她身上，没有叫醒她。一直到邬奈自然醒来，她揉了揉眼角，不知这人是什么时候来的。

"很累吗？"她问。

即便周斯言不回答，她也能看出他身上的疲惫："公司出大问题了吗？"

他摇头："会解决的，就是很费神。"

邬奈朝他张开双臂："那就抱一下。"

周斯言没动，不知道是在迟疑还是没打算要拥抱，邬奈不由分说躬身钻进他的臂弯，抱住他的腰。这次不是撒酒疯，她很清醒，绝不仓皇而逃。

"怎么没先走？"周斯言问。

邬奈看了眼时间："今天还剩一个小时二十五分钟没过完，你还是属于我的，我一分一秒都不会浪费。"

"为什么一定要这么执着？"

"怕你错过我以后，不会再有人像我这样爱你，不会有人比我爱你更纯粹。"

少年时动心最容易，又最长久，不经意就能记一辈子难忘怀。

她收了收手臂，抱得更紧一点。

真正分手时，周斯言告诉她："我跟夏霜已经准备订婚了。"

"我知道。"邬奈僵直着背立在冷风中，冷静地问他，"没有挽回的余地了吗？"

好像已经提前知晓了周斯言的答案，她也不再等下去，把双手插入口袋里，郑重地说："再见。"两三步跑上台阶，转身得格外利落干脆。

第八章

Chapter Eight

/ 致深爱的你 /

01

夏霜有个闺蜜，是娱乐圈外人，两人常凑到一起分享心事，亲密到无话不谈的地步。订婚前两天，闺蜜问她喜欢周斯言什么。夏霜说，颜好钱多。闺蜜问，没别的了吗。夏霜也答不上来。

要说她多喜欢周斯言，还谈不上。她的家庭环境也复杂，她是家中的养女，这些年养父母没有苛待过她反而十分看重她，但隔阂总存在，离真正的家人始终差一步。去年，养父母终于找回了自己的亲生女儿，在经历了种种艰辛与不易之后。夏霜替他们高兴，也亲身体会着那些关心爱护，一点点转移到另一个人身上。

她看似不在意，心里的危机感却从来没有消失过。她是个理性的利己主义者，清楚明白地知道，她待在圈里，除了一张脸好看并未被老天赐予演戏的天赋，要发展下去，除了自身努力，还需要别的助力。

一言以蔽之，她需要另寻靠山了。

周斯言是绝佳的人选。

况且夏霜也调查过周斯言，他没有固定交往对象，感情经历几近空白，更不会有暧昧对象。刻薄一点来说，他更像一台没有七情六欲的机器。夏霜太笃定这一点，结果很快被打脸。

她收到一封匿名邮件，里面是很多张抓拍的照片，都是周斯言和一个年轻女孩约会的画面。他们像普通小情侣那样一起逛动物园、逛街、看电影、共进晚餐，要说是朋友，不太可能，毕竟有女孩与周斯言抱在一起的画面。

夏霜认得那女孩，她去机场接机那次，同周斯言一起下飞机的就是这女孩，好像是叫……叫邬奈。

因这名字听起来像无奈，又像无赖，太具个性，给夏霜留下了深刻印象。那时的她万万没想到，看上去古灵精怪的丫头会成为自己的敌人。

发件人约夏霜明日见一面，如果她不赴约的话——

对方嚣张地保证，后天的订婚不会圆满，周斯言跟照片里的丫头才会双宿双飞。

这威胁来得莫名其妙，但对夏霜却有极大的威慑力。她不知道周斯言和邬奈之间是真是假，如果是真的，他们未免也藏得太好。她之前请私人侦探，没探出他们俩之间还有这段情。

邬奈成了一根刺卡在夏霜心里。

夏霜虽然还没有真正嫁给周斯言，但占有欲已经飙升上来。直觉

也告诉她，如果不解决这个问题，婚后更加麻烦。

她想赴约，想搞清楚对方的目的是什么。

她本以为这会是一次交易，对方想从她身上得到钱或是索要其他的东西，事实证明，她想岔了。

订婚宴举行的前一天下午四点，夏霜驾车去城西一家会所赴约。

下午五点整，尾随她而去的保镖失去目标，断了与她的联系。

五点十三分，会所车库陆续驶出几辆黑色轿车冲入雨幕中，奔向麟城的各个方向，其中一辆上有夏霜。

晚上七点，周斯言接到绑匪电话，向他要钱赎人。

周斯言这人异常薄凉冷漠，正泡澡缓解一身疲劳被人扫了兴，差点开口叫绑匪直接去联系夏家，指不定能捞得更多。他扯了浴巾擦水，没见一丝慌张，脑袋里飞速转着考虑要怎么解决问题。

他于七点十五分出门，没有带钱，也没有叫人，孤身而往。

凛冬已至，夜雨寒冷，雨丝斜飘入伞下打在脸上，他仍在想绑匪的那通电话。他明天与夏霜订婚，没打算公开，知道这件事的人数有限，绑匪是针对他而来。

四十分钟后，周斯言赶到城郊荒芜的住宅区。那里的大部分房子上画着"拆"字，门前长满及膝的野草，植物上的倒刺容易挂住人的衣服。周斯言一脚深一脚浅地踩过去，衣服和裤腿晕开大摊水迹，早已经被沾湿。

他进了一座废楼，窗户还没来得及安装，偌大的窗口像一排排朝夜幕张开的血盆大嘴。

按照电话里说的，是在顶层五楼。

台阶上滚着细砂和碎石子，周斯言打着手电筒上去以后，直接在五楼正中的房间里发现了夏霜。她被捆绑在椅子上，被胶布封住嘴，旁边有两个戴面罩的魁梧壮汉。

"钱带来没有？"其中一个问。

他们发现周斯言两手空空。

周斯言面色冷淡地拨通了邬奈的号码："你别闹了，让人把夏霜放了。"

邬奈吃惊道："你在说什么，我怎么听不懂。"

周斯言问："你在哪里？"

邬奈越发觉得困惑："当然是麟大寝室呀。"

"你在城郊的废楼里，离我只有一百米的距离。邬奈，开玩笑要适可而止，你把事情闹得太大了，会收不了场。"

邬奈只觉心惊肉跳，这出戏即便破绽百出，周斯言也不太可能一下就戳破真相。他为什么会地清楚知道她的位置？

"我在你手机上装了定位。"

约会当晚，周斯言临时回公司召开会议，邬奈等他等到睡着，醒来时他已经在身边。她不知道当时自己睡了多久，也不知道那段时间里周斯言拿走了她的手机。

　　那一天从动物园开始，就有人偷拍他们，周斯言一直有察觉。他告诉过邬奈，邬奈不以为然，佯装没有感觉到丝毫的不对劲。

　　这才是最不对劲的地方。

　　拿着摄像机穿棕色夹克的男人，周斯言在排队入园时就见过一面，他记忆力超群，更何况后来又在影院的洗手间偶遇过一次。两次擦肩而过，周斯言没把这当成是巧合。巧合的是，对方挂在脖子上的相机。

　　当天的计划由邬奈制定，周斯言也不知道下一处要去的地方是哪里，却在第一站就遇到了偷拍者，对方明显有备而来。

　　除了邬奈在搞鬼，实在很难想出第二种可能。

　　所有收集而来的资料确切表明，号称"混世魔王"的邬奈，能去江鹤齐手里抢最后一个石榴的邬奈，在爷爷和爸爸棍棒底下磨砺出来的邬奈，不会轻易罢休。

　　周斯言和夏霜的订婚宴，不会太过顺利。

　　这是周斯言早就有的预感，他知道她憋着大招，只不过没想到会造就这样的局面。

"邬奈，我再说一遍，你让人把夏霜放了。"周斯言声音渐沉。

一阵轰隆的动静，电话那头发生了争执，变故横生。邬奈雇了四人，两人守夏霜，另外两人跟随邬奈身侧。他们嫌邬奈给的少，假戏真做，把邬奈也绑做人质，干一票大的。

周斯言喊邬奈的名字，只听见呜呜的几声模糊的回音。

随后楼梯间就响起窸窸窣窣的脚步声，两人架着邬奈走上楼。她头发散乱，双手被绳索束缚在身后，脚步踉跄，黑暗中望着周斯言的目光难以形容，似乎不太敢看他。

到这一刻，周斯言脸上才起了波澜，像完美无瑕的瓷器上裂开一条缝隙。

"两个人质，价钱翻一倍。"绑匪提要求说，"让人送钱过来。"

"不，"绑匪又临时改变主意，"你自己去取钱，要是还敢空手过来，我也不知道会发生什么。如果我发现你报警，楼后面有个池塘，完了你去捞人就成，捞出来是死是活就看命了。"又补充了一句，"你要是再翻一倍，就给你尝点甜头，让你先带走一个怎么样？"

不知怎么就到了选择题时间。

一个永恒的命题，关于两个人同时落水，你先救哪一个的问题。这两个人有太多种自由组合，不仅限于女朋友和妈，初恋情人和结发妻子，兄弟手足和暗恋的姑娘，白月光和红玫瑰……如今摆在周斯言

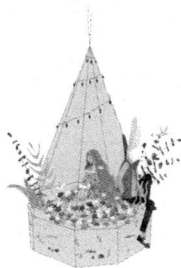

面前，变成了夏霜和邬奈。

一个即将成为他未婚妻的人和一个早该划清界限的人。

理智如周斯言，他该知道怎么选，所以他几乎没怎么犹豫，指了指夏霜说："让她跟我走。"

手电筒没有温度的冰冷光柱里，邬奈的脸一瞬间变得惨白。好像不可置信，好像没听清，好像刚才一秒只是她产生的幻听。

生死的抉择，他不过轻易做了一个选择题。

她恍然之时，绑匪已经开始给夏霜割断粗麻绳。解开了束缚的夏霜奔向周斯言的身边，她腿发软打战，脚步不稳，他将她背在背上，两人迅速撤离现场。

整个过程里，邬奈的目光一直尾随周斯言，片刻不曾离开过他。

她没有挣扎，也没有试图发出任何声音，突然变成局外人旁观着全程。这分明就是她自己制造出来的闹剧，所有的后果，她都得担着。

从小到大，这是她玩过最出格的一次，输得太惨，像有人把她的骨骼碾碎了无法再缝补，可她又镇静得出奇，也没有滋生出悔意。

她听着外面冷雨淅淅沥沥打在荒草上的声音，看周斯言没有回头走出昏暗的视线，那口一直以来吊在心口的郁气化成尖锐的刺扎进肉里。

她不再感觉堵得慌，只是绵长无尽地疼。

一直无法接受他不爱她的现实，也终于可以接受了。

她之前总是不服气的。

幼年时就被灌心灵鸡汤，大人们教她说一切皆有可能。这世界存在那么多种可能，山穷水尽，又柳暗花明，为什么他爱她却成为不可攀越的山峰，变成永远无法达成的心愿。

强扭的瓜不甜，她乐意吃苦瓜，先把瓜揣怀里再说。邬奈是这么想的。

可她终究还是拿周斯言没办法。

她不服气也没办法。如同宇宙大爆炸留下的奥秘，人类文明中留下的古老预言，如何获得爱情也成为了艰涩无解的谜题。

她清楚地知道，这一次再见才是真的再见。

周斯言背着夏霜离开以后，一个男人弯腰替邬奈松绑。她揉了揉僵硬的手腕，还有一丝带笑的抱怨："捆这么紧做什么，我的手都要断了。"

男人摸了摸扎手的寸头跟她道歉，不好意思的样子配着张凶神恶煞的脸充斥着强烈的违和感。邬奈又笑："没事儿，做戏要做真。"

几个大男人看她脸上的笑容，竟有点不忍，又一个个都不善言辞，半句安慰的话也说不出，默默低头收拾完工具整理完现场准备撤离。

邬奈随他们一同离开废楼，乘车离开。

冬天的夜似乎格外深沉，成串的雨珠蜿蜒在车窗玻璃上，阻隔了视线，车里的人越发瞧不清车外的世界。邬奈只好盯着玻璃上的某个点出神，她有点儿累，想尽快回家洗个澡睡一觉，那样或许能让她舒服一点。

快到家时，她接到江鹤齐的电话："四哥……"声音谈不上多疲惫，平平静静的。

"事情办完了？"江鹤齐问。

"嗯。"

江鹤齐大约也知道了结果，说："以后就别折腾了。"

"我知道。"邬奈点点头，"对不起，让你们担心了。"

混世魔王懂事起来让人怪心疼的，江鹤齐心里也不怎么好受。他坐在沙发上挂了电话，面前是杯热气腾腾的咖啡，第二次来周斯言的单身公寓，已经有很大的进步，不用再拿高脚杯喝白开水。

周斯言一身湿漉漉地坐在对面，在水里蹚过，裤腿被挽起，讲究惯了的人没去换件干净的衣服，沙发上留下一块深褐色水印。

江鹤齐跟他说："事情解决了，恭喜你终于得到解脱。按照我对奈奈的了解，这次以后，是真不会再找你了。"

周斯言脸上找不出任何与高兴相关的痕迹。他与江鹤齐联手，叫邬奈死心，现在目的达成，预期的轻松感迟迟没有抵达心上。

这场风波里，江鹤齐自始至终是参与者。

邬奈需要人手，但她无法动用邬家的人，否则很难不被家里人发现。她求助于江鹤齐，向他借人，所有计划对他和盘托出。江鹤齐问她有没有想过后果，她说无非是要搅乱他们的订婚。

再然后呢，江鹤齐问。

再然后，邬奈也不知道。

她喊江鹤齐四哥，是真拿他当哥哥，问他该怎么办。

江鹤齐在煮茶，小陶壶的水逐渐沸腾烧开，他凝神思索了片刻，出了到时候要让周斯言二选一的烂主意。

万一周斯言没有选你，你就知道接下来该怎么办了。他说。

邬奈心里没有把握，但又还抱有期待。她同江鹤齐争执，说周斯言有一半的概率会选自己。

江鹤齐说，一切还是未知数，你也要做好被抛弃的心理准备。

而后，他转头就将前因后果告诉周斯言。他告诉周斯言，奈奈设了局，要绑你的未婚妻，绑匪都是自己人，你也不必担心，谁也不会真的受伤。

所以二选一的环节里，周斯言毫不犹豫地选择了夏霜，他知道邬奈不会受伤。

"你这样两面三刀，自己能得什么好处？"周斯言问江鹤齐。

江鹤齐说："你也是有妹妹的人，站在一个兄长的立场上，应该很容易理解我。"

　　如果邬奈与周斯言两情相悦，自然皆大欢喜。问题在于周斯言对邬奈无意，江鹤齐要帮邬奈，真正地帮助她逃离他身边，而不是促她与周斯言成一对怨偶。

　　人人有人人的身份，人人有人人的立场。

　　江鹤齐放下咖啡杯，舒心一笑，有尘埃落定之后的踏实感："我回家睡觉了，幼清在家等我。"

　　平淡一句话，周斯言却听出了几分炫耀的意味，越发觉得他脸上的笑容刺目，维持着表面的客套："慢走，不送。"

　　从浴室出来后，周斯言去厨房给自己煮面。他晚上吃过了东西的，折腾了一晚，现在觉得肚子饿。冰箱里剩满满当当一碗鸡汤。他用鸡汤煮米线，非常简单，几分钟出锅，一个人捧着大碗坐在空荡的客厅里吃。

　　明明感觉到饿，尝了几筷子之后就没有了食欲。

　　他记得邬奈食欲好像很好，胃口也大，就是吃不胖。想起在多伦多的自助餐厅里她教他怎样吃最科学，怎样把本钱吃回来。想起她还喜欢随身携带小零食，约会那天掏出梅肉干喂长颈鹿，长颈鹿不吃她自己吃，还有喂羊驼的胡萝卜她也忍不住尝了一口。

想起她问他："你不喜欢我这样的，那你喜欢哪样儿的？"

他说："我会跟夏霜结婚。"

"我没问你乐意跟谁组建家庭，是问你今后会喜欢上怎样的人，这并不是同一个问题。"

"我会跟夏霜结婚。"

他到底，是在说给她听，还是在告诫自己。

02

邬爸爸的长相自带匪气，心情愉悦时像生气，心情愤怒时像五脏六腑突突往外冒火，脸上仿佛刻着四个字——别惹老子。

邬爸爸去了麟大，找邬奈的系主任商量事情，决心让邬奈放弃本次期末考，直接明年来补考，因为小兔崽子被关禁闭了，这一整个冬天都别再想出门。

系主任清楚对方的底细，又本着为人师表的责任，该打听的还是要打听，况且这位父亲看上去崇尚暴力，系主任问邬奈出了什么事，怎么不回学校。

邬爸爸说她心术不正，人都没做好，还谈什么读书，说她现在还不配来学校。

这事主要怪邬奈自己。

她受了情伤没办法自愈，借酒消愁，在 SMALL WORLD 喝得酩酊大醉。酒吧老板开车送她回去，她晕晕乎乎报了邬家的地址。她头痛欲裂，想抱着她娘亲痛哭一场，变成个胚胎重回羊水中，躲在妈妈肚里避开所有伤心事。

　　邬妈妈抱住从车上滚下来的女儿，想问她怎么喝成这个鬼样子。邬奈先是趴花坛边一阵吐，吐完开始唱大戏，妈妈啊我心里苦。

　　随后开始往外倒豆子，绑人、搅和人家姻缘，她干的那点儿缺德事，全都说出来了。

　　她不知道她老子正巧也在家，屋檐下拿报纸的那位就是。她醉得连亲爹都不认识，没察觉到危险，还以为屋檐下立着的是个稻草人，毫无顾忌地抱着母亲大人吐槽。

　　从隔壁家跑过来凑热闹的柴犬被她当成大饼，啃了一嘴的毛。柴犬大叫，邬奈大哭，场面一度很热闹。

　　邬爸爸高血压差点犯了。

　　邬奈自从酒醒后再没能离开邬家一步，手机等通讯设备全部被没收，与世隔绝，待家里好好反思，抄家规祖训。没错，都二十一世纪了，邬家还在流行抄家规祖训。邬奈原本还要挨鞭子的，被妈妈护下来。

　　她能活动的范围仅限于后院，好在她家后院大。

　　倘若邬爸爸不在家，她就能在两棵石榴树中间绑上吊床，躺着看蓝天白云。只是天气一日比一日寒冷，阳光一日比一日稀薄，在外面待着很冷。她就裹着床被子出来，勉勉强强挤在吊床上，呵着气，好好反思她哪里错了。

喜欢周斯言，是不是错了？

至于绑架夏霜，其实谈不上绑架，夏霜从江鹤齐那里得了好处，是自己答应配合的。网络上，夏霜的颜粉远远多于演技粉，小众的演技粉中还有一半是黑粉，可见这姑娘确实不怎么会演戏，这次却还算合格。

邬奈用照片约夏霜出去是没错，接着两人就谈起了条件，只要夏霜答应被绑架，明年江氏旗下的一个重要品牌代言双手奉上给她，而且她完全不会有危险。

威逼利诱下，夏霜点了头。

墙壁上有挂历，离周、夏二人订婚已经过去七天，整整一个星期。邬奈摇了摇五颜六色的彩虹吊床，没别的念头了，脑袋里还剩下比较强烈的念头是吃大餐。

被关禁闭的日子，连伙食也被克扣。餐餐食素，清减欲望，戒骄戒躁，离出家只差剃头这一步。

邬爸爸还不许别人前来探望。

鲁滨逊沦落到荒岛上后来还有了星期五的陪伴，她只有隔壁家柴

犬偶尔过来探探班。狗子聪明通人性，邬奈隔着后院围墙叫它，它汪汪汪。过了会儿，邬奈以为它走了，谁知它在地上刨了个坑钻进来了。

这些天，邬奈总算高兴了一会儿，抱着狗感动，直呼心肝儿，你就是我的忠犬八公！

在煎熬的日子里，所幸她还有一条狗。

以前去隔壁喂的那些肉骨头，没浪费，值了。

邬奈被关禁闭的第十一天，她觉得自己开始发霉了，不论其他，字倒真有进步，更上一层楼。以前的书法老师要是知道了，也会倍感欣慰的。

中午，她继续抱着被子在吊床上午睡，做了一个梦，梦见她爸要她把抄完的家书吞下去，她大声抗议抵死不从，说她要吃肉不吃纸。梦里急着挣扎，吊床没系稳，从石榴树上掉下去，她被摔醒了，好在裹着被子，不然得轻微脑震荡。

"八公"又钻洞过来找她玩，看她呆呆坐地上不起来，在她被子上踩了两脚，然后顺势一躺，四脚朝天露出了肚皮。

邬奈："……"

"狗怎么进来的？"邬妈妈进后院发现石榴树下一人一狗十分惊讶。

"八公"的脸手感极好，邬奈把它揉圆搓扁，装傻充愣道："不知道呀，小家伙，你从哪儿进来的？"

"汪汪！"

邬妈妈说："别逗狗了，把头发理一理，有人来看你了。"

邬奈站起来，奇怪地问："我爸不是不准人过来探望吗？"

邬妈妈神色为难，斟酌了之后才做决定："趁你爸不在家，你跟人见一面吧。"

邬奈抱着被子拍了拍上面的草屑，理所当然地以为来的客人会是江鹤齐、赵岑宇他们几个，也可能是幼清。她压根没敢往周斯言身上想。

周斯言怎么会来看她，她又没疯，天上也没下红雨，太阳没打西边出来。

可出现在眼前的人，不是周斯言是谁。那副冰冷模样，立橱窗里能被人误当成精致的人体模型。

他同邬妈妈客套几句关怀问候，她搂着"八公"心理又忧又愁。

他头发一丝不乱，她袜了 只长一只短。

他谦逊有礼，她裹着睡衣。

邬妈妈先看不下去了，指挥邬奈："赶紧回房间换身衣服再出来。"

要换作之前，邬奈肯定秒速飞奔回房间打扮，女为悦己者容，好比约会那次，她为了见周斯言从妆容到衣着打扮每一样都费尽心思。今时不同往日，周斯言已经是别人家的大白菜，她用不着拱了。

她要再肖想他，就蠢如猪。

邬奈回房间慢吞吞，梳头发慢吞吞，换衣服慢吞吞。她不想见周斯言，不断猜测他此行的目的，得出最靠谱的结论是他多半是来找麻烦的。

如今夏霜已经和他成为一家人，他定是来替夏霜讨个说法，追究那日雨夜发生的事情。

等邬奈再下楼，会客的厅堂中安安静静没有人，周斯言在草坪上逗"八公"，邬妈妈特地避开了，让两个年轻人自己谈谈。

冬天草木枯黄，遍地落叶，一片萧条之景，院中只有几株墨兰还开着。邬奈拨了拨兰花叶，又搓搓手，驱赶寒意。周斯言背对着她的方向，露出小半边棱角分明的侧脸，"八公"看见她冲她汪汪叫，周斯言也就这样回了头。

反正躲是躲不掉的，人都找到家里来了。

十几天之前，她赖在他身边不想走，现在她走了，他却又找过来。命运总爱捉弄人。

大不了再跟夏霜道个歉吧，她脸皮厚，面子也可以不要。邬奈这样打算着，也就坦然了不少，朝周斯言走去。

"我没有跟夏霜订婚。"周斯言开口跟她说了第一句话。

从他出现在邬家开始，邬奈就处于一种惊讶状态，现在更加摸不清状况。

周斯言又说："我是来，向你……"他顿了顿，用了一个于他而言非常罕见的词，"告白。"

邬奈的大脑处于当机状态，无法再运转。

他继续说："你可以不用马上接受，但不妨把我当成许多个选择里的其中之一。"

每一个字邬奈都能听懂，但组合在一起之后串联成句，她似乎无法理解句子的含义。她问："你想要说的，到底是什么意思？"

周斯言说："我不想错过你，我喜欢你。"

他终于直面自己的内心。

周斯言与夏霜解除订婚关系时，夏霜没有感觉到多意外，似乎已经有了心理准备。周斯言向她坦言，即便邬奈没有绑人闹这么一出，他们的订婚宴也不会顺利进行下去。

因为他想要悔这一步棋。

夏霜问："为什么会是邬奈？"

周斯言说："她永远热情无限，陪我一辈子也不会倦。"

夏霜笑："你是不是缺爱？"

周斯言没有否认，他确实，需要很多很多的爱。

这段感情里，他看似处于主导地位，握有绝对的主动权，他又比邬奈年长几岁，按理来说他更应该是劳心费神的一方。但其实不是，

邬奈才是付出得更多的一方。她从来不计后果，赤诚天真地爱他，想把所有觉得好的东西塞给他，只要他要。她爱得并不成熟，不像个真正的大人，也不太讲理，可这样或许就是周斯言要的。

他这辈子得到的感情太少了，只有这样一个邬奈才能汹涌地把那些缺口都填满。

夏霜又问他："是什么时候开始动心的？"

若非要拎出一个既定的时刻，周斯言觉得或许是约会那一晚，他从会议室出来，发现她强忍着睡意在那里等他，等到睡着了。那时候觉得，她好像可以陪他很久很久，一直都不离开。

如果她心性未定，那就陪她定下来。如果她爱玩爱闹，就等她闹完再回到他的身边。

之后在废楼里，他背着夏霜走下五楼的台阶，一步步背离她的方向，明知道一切是假，却有无法遏制的情绪在汹涌澎湃，无法真正将她放下。

那时候才笃定，真的是她了。

在他的公寓里，江鹤齐满心以为纠葛都到此结束，还为两人斩断了孽缘而开心了一把。他却已经在计划如何卷土再来重新侵占一个人的心。

江鹤齐以为的结束，是他决心要的开始。

江鹤齐算计了他，他睚眦必报，分毫不透露内心想要把小姑娘追

江学长，
请回答

回来的想法。

　　且等着瞧。

　　因为反悔这桩婚事，除了幼清，周家上下与周斯言发生了龃龉。今时不同往日，羽翼逐渐丰满的上位者不再是当年被领回周家雏鸟般毫无攻击性的孩子。他因周家门庭而考虑联姻，因个人私欲而解除联姻。

　　终究不是彻底隔绝了七情六欲的机器，也有了想要追求的一生所爱。

　　他问夏霜需要什么补偿。

　　周氏坐拥娱乐圈的半壁江山，任由她挑挑拣拣。

　　夏霜识时务地选了两部戏，至于别的，也不再纠缠。

　　她抬头看周斯言，这人分明还是端着一张毫无表情的脸杀伐决断，谈及婚姻大事也像在谈判桌上进行一桩交易。

　　我需要很多很多的爱，这样的话他又是如何说出口的。

　　他大门紧闭，从不给人机会。唯独邬奈坚持不懈，用血肉之躯撞出一道口子钻了进去。

　　03

　　幼清小店的装修接近尾声，她擦窗户拖地彻底地进行一次清洁，

224

忙了一整天。冬天天黑得早，外面一盏盏路灯亮起。她衣服上脏兮兮的，累得直接瘫坐在地板上。

附近有家新开的餐馆，味道很好，她吃了几天都还没腻，划开手机点外卖。

半个小时后外卖送过来，她洗干净手准备享受这一顿晚餐。

"你吃饭了吗？"幼清喝了口罗宋汤，一边从袋里摸出手机跟江鹤齐发微信。

"在吃。"江鹤齐秒回。

幼清对准外卖盒照了张相发过去给他看，江鹤齐回她的是工作餐的照片。摆在一起，莫名还很相称。

"大概还要一个小时能把店里收拾干净，我两个小时后到家。"

"我这边差不多，你等我，我过去接你。"

"不用啦，你过来又不顺路，还得绕远。"幼清估了下时间，"我打车回去吧，咱们家门口见！"

江鹤齐说："注意安全。"

幼清赶忙找了个点头的表情包发过去。把垂下肩头捣乱的头发拂到一侧，目光透过玻璃窗瞥见对面的奶茶店可爱的招牌，她问江鹤齐："你想喝奶茶吗，我买了带回家给你？"

"你想喝奶茶？"他猜透了她，分明自己想喝。

幼清内心挣扎："刚才点外卖的时候就打算去买的，但是怕长胖，

· 225 ·

忍住了。”

江鹤齐失笑：“你还怕长胖？”

“哪个女孩不怕。”幼清说，“奶茶是味蕾的朋友，身材的天敌。”她饮食规律，也有意识地节制。

“只喝一杯没关系。”江鹤齐怂恿她。

幼清想了想：“还是算啦。”她简直佩服自己，自制力超群。

“你嘴上说算了，声音听起来不怎么情愿。”

“人艰不拆啊，江先生。”

晚上八点，幼清收拾好自己的东西准备回家，关了店里的灯，拿着钥匙串出来锁门，遗憾地发现小街对面的奶茶店同她十分默契，店员摘了棕格子围裙打算下班。

她光顾着窥伺奶茶店的动静，一时忽略了玻璃门上映着一道修长的影子，月亮挂在天穹，影子的主人身上撒落了月亮淡淡的光芒。

他拎着奶茶杯，看幼清何时能发现他。

幼清从对面街收回目光，锁好门，走两步一顿，扬唇笑了，挎着帆布包一路叮叮当当朝人影欢快地跑去，钥匙口红和硬币撞击奏乐。

“你怎么来啦！”

“接你下班。”

“不是说好我自己打车吗？”

"我乐意。"声音还带着点傲娇。

他从暗处走出来，路灯下，眉目变成了幼清喜欢的模样，变成她的江先生。

幼清注意到他手里的奶茶："给我的吗？"

江鹤齐挑眉一笑，轻飘飘的语气在冬夜里呼出白雾，他逗她："不是，买来暖手的。"

幼清伸出双手举到他面前，提出一个绝佳的主意："我比奶茶好用，我来给你暖手怎么样？"

"奶茶归你，你归我。"

"成交。"

"江太太，天太冷了，一起回家吧。"

过年前，幼清彻底闲下来，陶艺店一切准备就绪，等明年开春挑个好日子开张。她前一阵累得很了，最近天天窝在家里补眠。偶尔碰上晴天，兴致来了就出门逛逛，去市场上淘一些可爱的小物件放在店中做装饰。

而江鹤齐还处于年底加班加点的状态。

往往他回来了，幼清已经陷在温暖的被窝里睡得正香。有时候抱着她安稳地睡个觉，有时候坏心思冒泡，用熬了一夜新长出的胡楂故意蹭她颈下的软肉。

幼清觉得痒，睡得迷糊想避开骚扰，不断往被子里缩。脑袋离开了枕头，脸全埋了进去，不断往下滑。江鹤齐在她溜下床前把人捞起来，幼清总算被折腾醒了。

"你怎么这么烦啊。"

"你再说一遍。"

"不……不敢了，你刚才听岔了。"识时务者为俊杰，她睡眼惺忪，说话带点鼻音，"江先生加班辛苦了。"

"哼。"

"江先生加班辛苦了，亲一个吧。"

"呵。"

江先生挑眉，那意思是你还等什么。

纤长白皙的手臂带着被窝里的温度圈住他的脖子，就像一团柔软的白云被人从天上摘下来将他包裹。冬天这样寒冷的季节，反倒容易让人感觉到绵长无尽的温暖。两个人抱在一起睡很舒服，睡前低声说着琐碎零星的话。

"今天在家做了什么？"

"睡到日上三竿才醒，熬了汤喝，下午随便在网上看了部电影，有点无聊就没有看完，下楼喂猫去了。"

小区的保安在门卫室里养了只猫，叫小黄，很招人喜欢。谁去门卫室坐一会儿，它可能就趴你身上来了，特别黏人。

"它是不是都该认识你了？"

"也才喂了几天，估计还没记住我。"幼清说到猫，睡意跑了一些，声音精神了点儿，"今天有看见一个新成员，是只灰猫，爪子和半张脸是白色的，鸳鸯眼，又凶又漂亮，小黄好像很怕它……"

"你小心别被它挠了。"江鹤齐说。

"不会的。"

"它有多漂亮？"

"猫中潘安。"

两人又聊了几句别的，幼清说："睡吧，你明天还得上班呢。"

江鹤齐低头亲了亲她的发顶："晚安，今天被小灰迷住的江太太。"

第二天幼清也早起了，与人有约。她两个月前订购了一组橡木架子放在店中陈列陶艺品，厂家派人送来的架子跟她事先定好的有很大出入，而且木材也不是橡木。幼清打电话联系家具厂说明情况，那边同意更换。

前前后后拖沓了许久，今天终于把橡木置物架重新送到店里来。

因对方态度敷衍，办事情效率又太低，江鹤齐怕幼清性子软受欺负，上班临走前还特地嘱咐她不要和颜悦色给笑脸，装也装作严肃点儿。

幼清果真板着脸去了店里，下公交车之前还拿着牛奶罐在喝牛奶，下车之后扔了罐子摆出一店之主的架子来。

江学长，请回答

这次对方非常守时，踩着时间点开车把柜子运过来了，几个师傅下车帮忙抬进室内。其中为首的那位，同样穿着工装服，年纪不大，像刚出校门的大学生，见了幼清不到五分钟，嘴上道歉一直没停。幼清也不好再为难人家。

男人给了她一张名片，还自我介绍。他叫卫钟，家具厂是他家的。他是接班人，才刚开始接触这一行，跟着工人们多跑跑了解市场情况。

卫钟性格活泼，浑身洋溢着热情，还说为表歉意要请幼清吃饭。

幼清招架不住太自来熟的人，委婉地拒绝了，她比较想找江鹤齐一起共进午餐。

江鹤齐跟她心有灵犀，想得差不多一样。办公室的门被敲了两下，有人推门进来，不是江太太是混世魔王。今天是邬奈关禁闭后出来蹦跶的第一天，原本她今年都别再想出门，结果不知道周斯言跟邬爸爸说了什么，邬奈最终被减刑了，提前释放出笼。

跟大家好久没见面，第一站来看看她的老四哥。

江鹤齐一听周斯言的名字又从邬奈嘴里冒出来，恨铁不成钢，不太想搭理她："我忙着呢，滚一边去。"

邬奈说："四嫂是在家还是在她店里啊，我去找她！"

"你也别找她了，你这么烦，吵着她睡午觉了。"

江鹤齐看时间快要正午，估摸着幼清已经办完事情回家了，又改

口跟邬奈说："去陪陪她也行，拉她出去逛逛街。"

邬奈问："她店里的装修是不是弄完了？"

江鹤齐点了一下头，下逐客令赶人："所以她最近很清闲，一个人也容易闷，你赶紧过去。"

被嫌弃的邬奈伺机报复，看了看江鹤齐桌上摊满的文件，想起昨晚坐马桶上刷到的微博情感营销号，上面怎么说来着。

"夫妻俩一个太闲，一个太忙，迟早会出问题。四哥啊，给你敲一记警钟，你可别大意……"

江鹤齐叫秘书拿胶带进来封嘴，邬奈挣扎着逃命。

江鹤齐说好了同赵岑宇去城郊看一块地皮，不跟邬奈多废话，带上助理就出发。途中恰好要经过蘅水湾，邬奈决定要搭一程顺风车。

时间不算宽裕，但也来得及，江鹤齐想起陶艺店装修完后幼清向他炫耀夸赞，描述店内如何如何漂亮，他作为二老板投了资入了股，还没去看一看最终成果，突然叫助理更换路线走小街绕一圈。

他以为幼清已经办完事情回家了，没想到在店门口看见了她。

幼清似乎同人起了争执，面前的年轻男人捧着一束花塞到她手中，她推拒回去，几次三番，花束最终落入她怀里。

粉色的绣球花中插着几株泡泡玫瑰。

这场景，生不出暧昧，但也让人不怎么舒服。

江学长，请回答

邬奈趴在车窗上看，想说什么，瞅见江鹤齐的脸色，张了张口又讪讪地闭上了嘴。

给幼清送花的是卫钟。

幼清拒绝了他要请吃饭的提议，没想到他随家具厂工人走了之后又找回来，硬要送花。

热情到奇怪。

吃饭，送花，只为向一位顾客表达歉意，似乎有些过了。

晚上，夫妻俩被窝夜话时间幼清跟江鹤齐提起这事，江鹤齐说别理，他想起卫钟的样子，不认为那个人能对自己稳定幸福的婚姻生活构成威胁，但心里不太舒坦。

他双手摸到幼清腰际，吻她的时候在唇上咬她一口。

一觉睡醒，"卫钟"这个名字已经被抛却脑后，他送的花也被分给了小街上的路人。幼清万万没想到还会接到卫钟的电话。

当初购买木架留下了联系方式，卫钟不去陶艺店依旧能找到她。说这是售后服务，问幼清木架使用感受如何，有没有意见要提，有没有不满意的地方。

左右不过一个置物架摆放东西，送进店中还没开始使用，幼清没什么可说。

卫钟却还不挂电话，从家具聊到诗词歌赋，再聊到天文地理，讲

起了小时候的憧憬和现在的志向。

幼清诽腹，这人是不是没什么朋友，随便逮住一个顾客也能倾诉衷肠。可他性格外向，看上去十分擅长社交，没有理由把她当知音，明明只能算是比陌生人稍微熟稔一点的关系。

她正这样想着，卫钟直接投下一枚鱼雷入水炸起无数水花："周小姐，我可不可以追你？"

"不可以，我已经结婚了。"

"结婚还可以离婚。"

幼清皱眉，这人到底想做什么？

"我非常爱我的先生。"

幼清挂断电话以后，卫钟再打过来，她就把人直接拉黑了。

这也不过是生活中激起的小小波澜，没有漾开多大的水花，已经归于平静。

幼清再次见到卫钟是在过小年那天。她和邬奈去看一位小众歌手的个人演唱会，规模不大，地址在芥子洲附近。

看完演唱会，邬奈嚷嚷着想吃火锅，拖着幼清进了距离最近的一家店。才跨进去一步，想起什么，倒退出去看招牌，她神情为难。

幼清问她怎么了。

邬奈指了指人家金碧辉煌的店名，说这是沈迦宁开的火锅店。

邬奈怕幼清尴尬，提议说要不要换一家店。

幼清作为当事人反倒比她坦然，江鹤齐亲口解开了他与沈迦宁的误会，沈迦宁这个伪情敌在幼清心里已没有多少存在感，成了一个不相干的人。

"你不是说这家好吃？"幼清推着邬奈进门，"懒得再另外找地方吃了，多麻烦啊。"

临近深夜，店内的客人依旧不少。热雾升腾，响起碰杯的声音。邬奈心说应该不会那么倒霉碰见沈迦宁，老板哪能这么晚还在店里待着。结果上天好像听到她腹诽，立马给她安排了一出巧遇。

沈迦宁和几个朋友就坐在不远处涮火锅，有说有笑。

幼清在那群人里发现了卫钟。在此之前，她完全没把卫钟这个人跟沈迦宁想到一块儿去，哪知道两人看上去已经是旧相识。

幼清和邬奈等锅上桌，拿着小碟子去调酱，卫钟走到幼清旁边搭话，诚恳地建议说："麻酱里面加点腐乳味道会更好。"

邬奈对突然冒出来的陌生人抱有莫名的敌意，警惕地盯着他，小声问幼清："四嫂，你朋友吗？"

谈不上朋友，幼清摇摇头。

卫钟仍然笑着看幼清："能给我几分钟聊一聊吗？"

正好幼清也有几句话想问清楚，于是把手里的蘸酱交给邬奈，就

跟着卫钟一起到火锅店门口说话。

里头太吵，一扇门把寂静和热闹隔开。外面很冷，幼清只想长话短说，问了卫钟三个问题。

卫钟直认不讳，没有再隐瞒她。

原来卫钟是沈迦宁出国留学时认识的朋友，对沈迦宁有好感。

来追幼清是打赌输了的惩罚。沈迦宁提的，卫钟抱着玩一玩的态度接受了，刚才他们那一桌上还有好几个朋友是游戏的见证者。

名片是假的，身份也不是家具厂老板的独生子，拿钱让送家具的师傅们配合了一下，找了个接近幼清的理由。

名字倒是真的，就叫卫钟。

沈迦宁在背后来这一手，自己也知道没多大的意义。哪有可能派个朋友去追一追周幼清，就轻易搅散了周、江二人的婚姻。

却足够硌硬人的。

幼清说不上来有多生气，犯不着为无聊的人浪费自己的情绪，她解除了心里的困惑也就跟卫钟没别的话要说，转身回店里吃火锅。

邬奈刚好捞了一勺虾滑出来，见她进来，就放进了她碗里。

邬奈问："刚才那个真不是你朋友？"

幼清说："是沈迦宁的朋友。"

说到沈迦宁，邬奈还知道点别的消息："她之前准备进娱乐圈发展，还跟你们周家合作过，后来合作中断了，这事儿你知道吗？"

沈迦宁在周氏摄影棚内拍照那次，幼清碰见过她。至于后续，没太关注，合作中断的事幼清完全不知情。

邬奈喝了果汁，笑容十分得意："周斯言亲自发话的，说她不符合代言人的形象，具体还说了什么我不清楚，反正沈迦宁不太好混下去了，还不如专心经营火锅店。"

幼清没想到周斯言也牵扯进来："他这算不算擅用职权？"

"周氏现在由他掌权，他说了算。"邬奈撇嘴，"他就是个隐形妹控。"

幼清窘了一下。

邬奈吃味地说："你都不知道他在外面有多护着你。"

幼清说："怕是你的幻觉。"周斯言嘴巴毒，不损她她就谢天谢地了。

"你们最近怎么样？"幼清问邬奈。

邬奈把肉丸沾满麻辣酱，吹了吹，往嘴里送，含糊其词："还没怎么样……"

04

过年最热闹，正月里走亲访友是必不可少的环节。新的一年，来邬家拜年的人里多了一位周斯言。

邬妈妈善解人意，看得出家中女儿心系于他，只是摸不准两人明

236

明对彼此有意为什么还没有在一起。但小伙子十有八九以后会是她女婿，招待时又热情了几分。周斯言送她的玉镯子她直呼满意，立马就戴在了手腕上。

邬爸爸跟周斯言一起去湖边钓了一次鱼，收获颇丰，回来之后对周斯言的态度也有所改变，凶神恶煞的脸上居然还露出一丝笑，让邬奈大跌眼镜。

到了现在，整个家里就数邬奈还别扭着。

她跟周斯言也没什么交流，来者是客，说声请坐，替他沏茶端茶，像一餐厅服务员，以前缠上去怎么也不肯放手的人似乎不是她。

饭桌上，周斯言给她夹一筷子菜，她居然还客客气气说了声谢谢。

吃完午饭周斯言本就该走了，他又跟邬爷爷下起了围棋，一下就下了几小时，直到老人家熬不住才收场，外面的天也已经暗了。

黑灰的天空飘着零星的小雪，如一床棉絮被人扯得稀巴烂兜头撒下。一出门，他就看见邬奈和小孩在扔摔炮，她玩得开心，大笑的声音肆无忌惮又畅快得像一阵风吹过来。

周斯言摸出打火机走过去替她点燃了仙女棒，立即蹦出闪耀明亮的火花，燃得很快，几秒钟后就变成一截灰烬，短暂地映衬了他英俊的眉目，叫邬奈看得愣神。

噼里啪啦的鞭炮声里，周斯言问她："那天我说的话你听进去了吗？"

她关禁闭那次，他过来告诉她，他喜欢她。

邬奈点头。

"你考虑得怎么样了？"周斯言问。

"考虑什么？"

"跟我交往，做我女朋友，跟我结婚，做我的家人。"

邬奈看他的唇一开一合，头顶的烟花绽放又陨落，周围明明灭灭，如同幻境。有些话即便第二次听也依旧让人震撼，足够心上刮起一场海啸。

她愣怔着，不知道该怎么回答周斯言。

这一点儿也不像她。按理来说，她的正常反应应该是笑着大声说我愿意，你可不能反悔，反悔了是小狗。

可她沉默了。

"你有什么顾虑可以跟我说。"

邬奈戴着毛线帽，帽子上落着一层莹白，她揪了揪自己发红的耳垂，把帽子往下拉，彻底盖住耳朵。

"我自己也觉得我现在……挺矫情的，你都答应跟我交往了，我还摆什么谱啊。可是……你突然就转变态度，突然就告诉我你喜欢我，我不知道你是不是认真的，也不知道你准备跟我好多久，这些都会让我担心……"

“我像是拿这种事情随便开玩笑的人吗？”

“那你还不是和夏霜说订婚就订婚，说不订就不订了。”

“……”

周斯言一时词穷，想来想去，挤出干涩的几个字：“你是不同的。”

草坪上玩闹追逐的小孩朝这边冲过来，其中一个摔了一跤，邬奈若无其事地把小孩拎起来，拍了拍他的膝盖，又把人打发走了。

“向你告白对于我来说并不突然，不管你相不相信，我是在认真审视过自己的感情之后才做的决定。”他仿佛在谈判桌上，语气冷淡而克制，“你说我如果错过你，会后悔，如你所愿——我后悔了。可我迷途知返，希望你给个机会。”

邬奈想，那些本该在天空里盛放的美丽烟花，为什么会在她的脑袋里砰砰炸开呢。她从第一次见周斯言开始，就对这个人没有任何的抵抗力，此时此刻，仍只有举手投降的余地。

“来玩个游戏吧。”周斯言说。

“什么？”

“这次过来，不只是给叔叔阿姨带了礼物，你的一份在我这里，还没来得及给你。”

邬奈被他勾起了好奇心。

只见周斯言从裤袋中掏出一枚戒指，邬奈睁大了眼睛盯着他的手掌心。

周斯言双手背在身后："来猜左右手。如果你说的那只手里有戒指，就跟我在一起。"

他几乎带着蛊惑地说："赌一把，我们听从上天的安排，怎么样？"

50% 的概率，她跟周斯言会一起。还有 50% 的可能，会让她和周斯言错失彼此。这对邬奈来说无异于一场豪赌。

"好。"邬奈平静地答应着，身体里却血液沸腾，所有的注意力集中定在了一点。周斯言将握住的两只拳头伸到她面前来，她看不出任何端倪，是真的只能凭天意。

"右手。"邬奈听见自己说。

"你确定吗？"周斯言问。

这让邬奈又紧张起来，左右摇摆不定。周斯言似乎在暗示她，又好像没有。

"右手。"她依然没有改变主意。

"你确定吗？"周斯言再次问。

"确定，我选好了，不会改的。"邬奈努力让自己的样子看上去显得不紧张，其实藏在身后的手指捏得发白。

"如果右手没有戒指，我们就不会在一起。"周斯言郑重道。

"左手。"在答案揭晓前的最后一刻，邬奈终于改口。

"确定吗？"周斯言问。

"确定。"她重重地点头，"这次真的不改了。"

周斯言左手的五指缓慢松开，左手手心里，躺着一枚精致的戒指。

邬奈暗暗长舒了一口气，带着劫后余生的庆幸。

周斯言笑了："你紧张什么？是不是怕选不中？你其实非常愿意和我在一起对不对？"

邬奈咬牙切齿，但无从否认，朝他吼："对！老子就是怕选错了到最后竹篮打水一场空，以后白白便宜了别人！"

她话音未落，被周斯言扯着脖子上的围巾利落拉到眼前，凶狠的吻不由分说落下来，唇被碾压着，氧气被剥夺走了，呼吸也艰难。

在邬奈的视线盲区里，周斯言右手手心里攥紧的另外一枚相同的戒指滑入袋中。

若她执意要选右手，结局照样不变。

只要爱你，天意也可争取。

05

新年一过，就传出沈迦宁要结婚的消息。

婚礼定在农历正月十五元宵节那天举行，赵岑宇、蒋跃，包括江

江学长，请回答

鹤齐都收到了邀请，据说这次请了不少老同学。

幼清看见江鹤齐扔在客厅茶几上的请柬，右下角水彩勾勒着一朵淡雅的玫瑰，拿起时隐隐有花香萦绕。江鹤齐收到的这一封与旁人的略有不同，由新娘手写："……届时恭候携妻入席。"

江鹤齐仍在休假中，昨晚碰了许久不玩的游戏，跟赵岑宇他们组队在游戏里大杀四方。幼清坐在旁边看了会儿，喂了他块柚子，没什么兴趣就回卧室睡觉了。不知道江鹤齐几点睡的，今天早上他果然赖床了。

"看什么呢这么认真。"江鹤齐揉着头发下楼，盘腿坐在地毯上，从后面抱住幼清的腰，把下巴搁她肩窝里，拿过请柬看了看，问，"你要去吗？"

幼清不明白沈迦宁为什么要特地添上携妻入席那一句。

"我该去吗？"幼清问江鹤齐。

他摸了摸她的脸："你那天有空的话，可以去玩玩。"

他又随性地说："要是到时候觉得无聊，咱们就早点走。"

沈迦宁当初在祁盛高中人缘极好，是被奉为女神一般的存在。她的婚礼现场相当于小半个高中的同学聚会。大家被安排坐在一起，许多人已经很多年没有再见过面，热闹地寒暄起来。

幼清也是祁盛高中的，比他们小一届，发现其中也有几张她眼熟

242 · 242 ·

的面孔，只不过不知道名字。

她挨着坐在江鹤齐的右手边，席上的老同学无论男女都忍不住多打量她两眼。约莫是好奇心作祟，一个个都想瞧清楚当年的江校草最后娶了怎样的姑娘。

"你是不是在祁盛念的高中？"趁江鹤齐起身去洗手间时，穿皮草的男人隔着两个座位探过身来询问。

幼清点了点头。

"难怪我觉得好像以前看见过你。"

这话让幼清有点儿吃惊，男人还在努力回想，忽然灵光一闪："我记起来了！在学校外面的星剑网吧里……枇杷膏！"

他一提起网吧和枇杷膏，幼清顿时有了印象。

当初为江鹤齐做过的傻事，她这辈子恐怕也不会忘。

那年学校秋季运动会以后江鹤齐感冒了，据说他们班为庆祝校运会上取得总积分第一的好成绩，周末组织了一次郊游，在湖边遇到落水的人，几个同学跳下去把人救了上来，江鹤齐是其中的主力军。事后还有人送锦旗到学校来，幼清站在走廊上的人群里一起围观。

只见江鹤齐一边打喷嚏一边接了锦旗，随手递给他们班主任，揉了下鼻子说我回教室睡觉了。

他一时口误说了真心话，人群爆笑。

班主任怒目而视，他立马改口，我回教室上课了。

幼清也跟着一起偷笑，觉得这人真的好嚣张。

江鹤齐从小感冒不爱吃药，等它自然好。幼清路过他们班教室总有意无意朝里面瞥一眼，那几天总见他趴在桌上，低低地咳两声。

她吃胡萝卜包子闲操心，记挂他感冒怎么老不好，做习题的效率直线下降。熬到放学时，她忍不住在走廊上来回溜达，等江鹤齐他们几个出了教室门她就偷偷跟上。

他们一路去了学校附近的一家网吧，幼清目睹他们跟网吧老板熟络地聊了几句，然后挑了排座位开机打游戏。

幼清在网吧门口徘徊不定，想来想去还是跑到药店买了盒感冒药和枇杷膏。非常贴心，甚至买好了水。

关键怎么给江鹤齐，是个天大的难题，人家压根不认识她。

幼清踟蹰又踟蹰，网吧老板发现有人已经在外面给他当了俩小时门神，实在看不下去了，主动过去问她什么事，是来上网还是找人。

幼清说找人。

老板仗义地说，你找哪个，叫什么名字，我帮你吼一声人就出来了。

幼清可不敢让他吼，把手里的感冒药、枇杷膏和矿泉水一块儿给老板，问他能不能帮她把这些交给……交给江鹤齐。她觉得老板一定认识他。

老板一脸恍然，开玩笑问你怎么给他送药，你和他什么关系啊。

幼清脸憋得通红，心里乱成一锅粥，不知怎么脑袋一热口不择言，他是我哥！

哦，兄妹呀。老板说得意味深长。

幼清更加不好意思，支吾着一个字也说不出来了。老板见她脸皮薄不再逗她，跑腿去给江鹤齐送温暖。

"喏，你妹妹给你的。"

江鹤齐正处在等下一盘游戏开始的间隙，摘了耳机，拿起枇杷膏晃了晃，刚才他没听清，问老板："谁给的？"

"你妹妹。"老板没好气地说。

江鹤齐上一局逆风翻盘赢得漂亮，心情好，眼尾上挑着坏笑："我妹妹多了去了，你说哪一个？"

老板往门口的方向一指，江鹤齐也跟着望过去，幼清突然受到惊吓般蹿开，转头就跑。江鹤齐只看见个轮廓模糊的侧脸，一闪就没了。

婚礼酒席上，男人还在回忆当时的情形："当时我用的那台机子离门口最近，你又在门口站了很长时间，我就注意到你了，记得你手里拿了枇杷膏……"人总会不自觉地被美的事物所吸引，留下的印象也格外深。

对方不明白事情的究竟，仍在追问："那天你跟老板说了什么？

你也不像是会去网吧的人哪……难道是去找江……"

"我去趟洗手间。"幼清微笑着打断了这次对话。

走出几步，江鹤齐正好从外面进来，他揽住她的肩膀问："怎么了？"

"出来找你，一个人待着闷，那些同学我也不认识。"幼清说。

江鹤齐笑了笑："刚接了个电话，赵岑宇和蒋跃两个在路上堵了半小时车，现在到了。"

正说着，大厅的门就被推开，赵岑宇他们进来了。赵岑宇看见幼清，眼前一亮，越过江鹤齐，先跟她打了招呼："四嫂，你好你好，久仰久仰——"微微鞠躬，热情地伸出手来。

幼清只好回握。

赵岑宇握完后面还有蒋跃等着，蒋跃后面还跟着两个一块儿来的玩伴。大家排着队等。

幼清："……"

"你们搞什么，粉丝见面会吗？"江鹤齐把幼清拉过来，"别理他们。"

赵岑宇说："见四嫂一次不容易，我们集体表达一下激动的心情。"

江鹤齐说："滚远点。"

"粉丝见面会"结束不久后，司仪主持婚礼仪式开始，新人入场。

头纱下的新娘踏着脚下红毯而来，最终去到新郎身边，他们将携

手成为相伴彼此一生的人。

　　刚才在席上幼清才听说，新郎还有一重身份，是沈迦宁火锅店的投资人，男方追求她已经好几年，如今两人结成连理，他终于如愿。

　　穿喜服的男人看上去身材普通样貌普通气质普通，却也挑不出什么错，望着沈迦宁的那双眼睛却仿佛有光。相较之下，沈迦宁脸上带着适宜的微笑，如同维持端庄得体走一场人生必经的秀。

　　到了敬酒的环节，沈迦宁举着酒杯过来老同学这两桌。大家纷纷碰杯，祝福又感慨万千，女神就这么嫁人了。

　　沈迦宁特地跟江鹤齐碰了杯，仰头将酒喝下时余光看的却是江鹤齐旁边的周幼清。

　　揶掇卫钟插一腿，在婚礼请柬上亲笔写下携妻入席，自己也知道没有任何意义，如今再亲眼看一看，好叫人死心。

　　得不到的永远抱有遗憾，可没有缘分也只能是这样。

　　幼清抿了一小口酒，放下杯子的时候无意中看见蒋跃给他自己倒了很多酒，眼角泛着可疑的红。后来听赵岑宇说，这天蒋跃喝多了，酒量特好的人最后在回家的途中吐了一场，差点把胃都吐出来。

　　幼清想起那个叫不勒斯的账号，动态更新停止在六年前。

　　他明明已经坦然地来参加婚礼了，感情也好像慢慢随着时间一点点淡化了，没那么喜欢了，但遗憾总叫人意难平。

那天，幼清和江鹤齐走得很早，从举办婚礼的酒店出来之后准备回蘅水湾。路上经过一所学校，想起元宵节这天一贯是祁盛高中开学的日子。

车在路口拐了个弯往回开，江鹤齐突然提议："想不想回学校看看？"

"好啊。"幼清说。

快到目的地时，车辆明显增多，全是接送孩子的家长。两人下车走了一段路，从寻常人家的小巷绕步到校门口。仅能容两三人通过的巷子安静许多，正值太阳明媚的午后，头顶一棵巨大的老樟树在微风中摇曳枝丫。

出了巷子口不远就是祁盛高中的校门，由于开学，大门敞开着，两人混在学生家长中间闲庭信步地走了进去。

幼清放眼望去，学校没有太大的改变，花坛里山茶花开得正好，红的白的，在苍翠繁茂的叶子中间露出花苞。脚下的路通向教学楼，通向图书馆，通向篮球场，过往的一幕幕好像瞬间浮现在眼前。她曾在这里的每一条路上走过无数回，扫过香樟树叶，排队站在操场上集合，踩着铃声跑进教室，没戴校徽被值日生抓。

她曾在这里待了三年，度过了生命中宝贵的一段时光。

也暗恋了一个人。

现在这个人牵着她的手，一起把各个角落都再走一遍，时光好像

在倒流。青春期里写在日记本上最隐秘大胆的念头，不过是这一刻——

"江先生，我有个愿望。"

"什么？"

"就站在这里，你亲我一下。"

番外一
Fanwai Yi

/ 日常二三事 /

01

三月六日惊蛰，宜开市立券，忌伐木作梁。

三江水陶艺店开张。

早春的晨雾还未完全散干净，鞭炮已经放了两挂，陆续有人送花篮过来，邬奈的、周斯言的，还有赵岑宇他们那群人的。前一个星期，江鹤齐和邬奈就开始在朋友圈里大肆宣传，一度沦为广告推销人员。待在上锦镇的霍斌也在网上预订了花送过来，祝外甥女开张大吉。

因开张搞活动，即便处在位置僻静的小街也吸引不少路过的行人。

木架上摆满各式各样的陶艺品，另一边的区域被开辟出来让客人体验亲手制陶的乐趣。

幼清招到一个合适的陶艺师在店里暂时帮忙，忙得不可开交。直到快下午三点，人流量渐少，她捧着茶坐在外面的板凳上歇了歇，接到江鹤齐的视频电话。

他前两天临时为一个项目赶去外地，脱不开身，错过了小店的开张。

江学长，请回答

　　幼清拿手机对准了店面招牌，再把从门口一路摆到室内的鲜花收入镜头中，在里面走了一个圈，今天的景象全拍给江鹤齐看了，让他少一点遗憾。她一边转一边跟他说着话："中午的时候人最多，还来了两个熊孩子，闹哄哄的……周斯言和赵岑宇他们也过来了，到中午才走，奈奈下午没课，还在店里陪我呢。"

　　"我和奈奈吃的外卖，送的例汤很好喝……"

　　"这儿，看这儿，墙上这只鸽子是我自己画上去的……"

　　她一连说了许多，却没听见江鹤齐的声音，正纳闷呢，忽然听见他说："把镜头转过来。"

　　"也让我看看你。"

　　邬奈眼睑下方粘了点陶泥，跑出来见幼清脸上还微微泛红，问："四嫂你怎么啦？"

　　"晒太阳有点儿热。"

　　"噢。"

　　"对了，我早就想问了，你这个店名什么意思啊？"邬奈坏笑，"三江水，不一般哪，我怎么感觉你们在秀恩爱……"

　　幼清取店名之前想破了脑袋，翻字典，上网查资料。跟江鹤齐商量过，他也没有什么特别好的建议。后来幼清一想，不如弄得简单点。江鹤齐的姓氏和她的名字里都包含有三点水，不如直接叫三江水好了，

· 252 ·

江鹤齐也觉得挺好，于是就这么定下来。

02

经营小店两三个月后，幼清下定决心要去考驾照。

江鹤齐上班的路线与她不同，接送她会要绕路，虽然他乐意得很，但偶尔也有两人时间不凑巧的时候。而且江鹤齐一旦出差去外地，她得等公交车，小街附近离地铁口也比较远，自己学会开车终归方便些。

科目一过得顺利，教练通知下来，考科目二之前需要站岗，幼清和另外三个学员被安排去了盘松路和庆山路交汇的交叉路口，时间是中午十一点到十二点。

幼清按时过去，穿着发下来的颜色醒目的橘黄色背心，戴着小红帽，手里还拿一面小旗子，上面写着"文明出行"。

路口人流量大，机动车多。红灯停，绿灯行，过斑马线的行人大多都能遵守这样简单的交通规则，也遇到了一个手里夹着烟在打电话的中年人碰上红灯不管不顾往车流中走，被幼清他们用小旗子拦下来。

整个过程谈不上辛苦，并不累，顶多有点儿晒，幼清把帽檐往下压了压。

最近气温回升，天空已经连续放晴一星期。昼夜温差大，晚间坐在沙发上看书膝上还得搭着薄毯，中午日光强烈，照得人浑身暖洋洋的，时间稍久就觉得灼热。

幼清怕饿肚子，提前吃过了午饭，这会儿只觉得嘴唇干干的。

天上稀薄的云层被风吹得零散，飘去了各个角落。头顶是一片蓝与白交织融化在一起后说不清的漂亮颜色，耳边充斥着汽车驶过时轮胎与马路摩擦的声音，身后的街道上响起曲风各异的音乐。附近有两家糕点房，浓郁的面包香味时不时随着午时风飘荡过来，钻进行人的鼻子里。

红绿灯又转换了一次，那头驶来的车辆纷纷停住，行人过斑马线。幼清注意到人群中梳小辫的小女孩，挨着旁边的大人走路，双手捧着瓶在吸果汁。

好大一杯果汁啊。

突然听到一记口哨。

幼清从小女孩身上收回目光，看到了江鹤齐。

他的车是第一辆，其实就停在幼清面前，只不过她把注意力放在行人身上没关注近在眼前的车主。

"嗨——"他趴在车窗上跟她搭讪，"你好漂亮啊。"

幼清忍住不笑。

他又扬了扬手机："能不能给个联系方式？"

"不给。"

江鹤齐演技也是一绝，深情款款又无限落寞："可是我对你一见钟情了。"

"你没机会的，我有喜欢的人了。"

正逢前方绿灯亮起，为了不造成交通堵塞，他只好一脚踩下油门把车开走，绝尘而去。

跟幼清一道站岗的女人看着她羡慕又感慨："长得漂亮就是好，你连站个岗都有人搭讪……"

幼清哭笑不得地解释："不是啊，刚才那个是我老公。"

对方再次惊呆了："还是你们会玩。"

幼清说："他可能刚好路过看到我了，突然戏精上身。"

"你看起来好年轻，想不到这么早就结婚了。"

"我……我太喜欢他了，所以行动比较迅速。"

"……"站岗为什么要被塞狗粮？

幼清口渴想喝水，看了一眼手表，离站岗结束只剩五分钟，再忍忍就行。

熬过五分钟，她脱了橘黄背心就走，瞄准了街对面的一家奶茶店。背后伸出一只骨节修长的手，握着一杯沁凉的仙草茶，纸杯外面滚着细密的水珠，连吸管也帮忙插好了。

"喏，小朋友，给你的。"江鹤齐说。

幼清就着他的手，低头含住吸管，咽下一大口，顿时心满意足，疲劳一下散去。

无论哪个季节哪个地点，江鹤齐出其不意送奶茶这件事，可以入选让幼清最心动场景的前三名，今天对他的喜欢又多了一点。

"刚才你说你有喜欢的人了，是谁？"

"你呀。"

江鹤齐终于满意："喝了我的奶茶就是我的人了。"

"你怎么又过来了？"

"一直都没走，过了红绿灯找停车位去了。"

"不是路过吗？"

他笑了两下："翘班过来看看小媳妇怎么站岗的，别说，还挺好看。"

幼清伸手捂住他的嘴："别……别说了。"

"脸皮怎么还这么薄？"声音从她的指缝中漏出来。

一起站岗的几个人还盯着他们看，幼清挽着江鹤齐的胳膊飞快地走了："求求您闭嘴吧。"

03

幼清考场外科目三不太顺利。头一次已经挂了，考试太紧张，拐

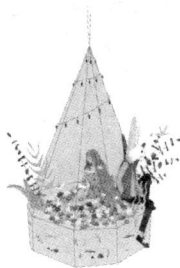

弯的时候暗暗叮嘱自己千万记得打转向灯，却忘了换挡。

她的教练嗓门特大，嘴上像装了个喇叭，说话听起来跟骂人没差。幼清这一阵学车在教练那儿没少挨骂，没一次性通过就还得继续学，继续挨骂。

她心情沉重地把这个消息告诉江鹤齐，江鹤齐在电话那头说："我多抽点时间出来陪你练车。"

蘅水湾往北，有条通往麟城博物馆的大路新修建不久，行人和车辆量都不多，是练车的好地点。

两人常傍晚过去。夕阳落山以后，天光尚存，笔直宽阔的柏油马路蔓延伸向远方。幼清系好安全带，江鹤齐坐在副驾驶座上笑着说："走吧，出发！江太太带我兜风。"

幼清重重点头，发动车子。

她一直开得小心，车速比较慢，一辆黑色轿车超车了，一辆面包车超车了，一辆洒水车超车了。

幼清觉得新手上路，安全第一，稳妥点为好。她掌握着自己的节奏，不慌。从后视镜里看到后面很长一段路上都没有了车的身影，心情顿时放松不少。

右侧却突然惊现一团玫红身影，戴墨镜的白发老太太骑着小电驴拉风地经过，后座载着比熊犬。老太太和狗似乎齐齐看了她一眼，然后利索地超车了，背影笔挺，带着十足的骄傲。

幼清："……"

"要不我加速吧？"

她和江鹤齐四目相对，后者终于大笑起来。

"你不许笑。"

"哈哈哈哈哈……"

"再笑我不带你兜风了。"她绷着脸威胁。

江先生憋笑憋得很辛苦。

回程时天完全暗下来，半弯月亮蒙着薄纱，远处城市的灯火如星辰明灭。

流浪的旅人在路边弹着吉他唱着歌："光影飘浮过山峰，留下关于你的梦，我在这儿写下重逢，贫乏而心动，想和你看看星空，只谈夜色与微风……"

幼清把车停下来听了会儿。

回头的时候听见江鹤齐说："我没笑话你，等你老了，兜风也要记得带上我喔。"

04

江鹤齐生日快到了，幼清苦思冥想要送他什么礼物，并不知道他

心心念念惦记着她亲手做的一个杯子。

江鹤齐满心以为自己能等到，直到他偶然看见幼清列出的礼物清单，袖口、领带、墨镜、手表……这些被列出来，又被一一画掉了，可见她还没拿定主意。然而这么一长串的清单里，压根没出现与杯子有关的任何字眼。

他觉得有必要去提个醒了，不然今年仍旧收不到。

江鹤齐打电话跟邬奈说："去告诉你四嫂，我缺个杯子喝水。"

邬奈纳闷了，为什么要对一个杯子耿耿于怀啊！

一杯子，一辈子，这种跨越时间特别具有年代感的土味情话为什么会让她四哥这么执着？

邬奈的小脑袋瓜里写满了十万个疑问号。

"你去不去说？"

"遵命，马上去。"

晚上，邬奈跟幼清聊天扯淡，幼清果然在为送礼物的事情发愁。邬奈编了一套瞎话不露痕迹地向幼清透露了，江鹤齐以前读高中的时候有收集杯子的癖好，只不过后来戒了。

"送这个准没错，最保险，以前情有独钟的，现在多半也还喜欢。"

"可是该送他怎样的呢？"市场上杯子种类那么多，不好挑。

"你亲手做一个呗。"

"好主意。"

于是，江鹤齐生日那天心满意足地收到了想要的生日礼物。

"你喜欢吗？"幼清期待地问。

"嗯，还成吧。"他打量着陶杯，轻描淡写地说。

幼清环住他的脖子亲了他一下："生日快乐。"

他把人抱在膝上，告白来得突然却不突兀："我爱你。"

十五岁拽着书包翻下围墙吹口哨笑赵岑宇他们捧个杯子当宝的少年，怎么能想到未来有一天的他会这样爱一个人。

番外二
Fanwai Er

/ 毕业记 /

　　从麟大毕业那天，邬奈很兴奋，原因有二。

　　一是毕业本身让她觉得兴奋，二是周斯言说等她毕业不久后就结婚。

　　拍毕业照的前一天，在邬奈的软磨硬泡下，周斯言答应陪她一起回校。

　　中午答辩完，邬奈他们班同系里的老师一起拍大合照。

　　周斯言替她拎着包，站在旁边等。

　　他穿着过于正式，神情冷淡严肃，往来的学生偷瞄他以为是院里的哪个领导，想过去搭话的又不敢靠太近，一个个点头致敬跟他打招呼。

　　周斯言平白受了许多声"老师好"。

　　前方邬奈笑着在朝他挥手，大家穿着同样的学士服戴着同样的学士帽扎堆站在一起，每次他的视线投向她却总准确无误。

　　毕业合照上的邬奈咧着嘴笑得很开心，依旧是无忧无愁的样子，好像全世界都被她握在手里。

随后是自由时间，寝室成员一起拍，关系好的朋友一起，男生女生一起拍，分别在即，所有人的面目都变得可爱珍贵起来。

邬奈更疯，处处都想要留念——揽着麟大校园里的雕塑摆造型，去亲那个老给她打很多菜分外偏爱她的食堂阿姨，寝室楼下修伞修鞋的老大爷也被她拉入了镜头。

周斯言充当她的个人摄影师，拿手机替她拍，还被她嫌弃了："你这什么拍照角度啊，你这样拍显得我腿好短哦……"

"记得加滤镜……"

"你把我拍成了一百五十斤！"

邬奈忍不住吐槽。

周斯言默默叹了口气，邬奈以为他要毒舌怼她了，没想到他说："给我五分钟，我去网上学学给女朋友拍照的教程。"

邬奈差点以为自己产生了幻听："你再说一遍。"

周斯言面无表情地看着她。

她缠着他："求求你，再说一遍。"

"我去学教程，很快，给我五分钟。"周斯言说。

在邬奈看来，这都不是重点，重点是："给谁拍照的教程？"

"女朋友，行了吧。"他真拿她没办法。

"行的，男朋友。"她趾高气扬十分得意地说。

江学长，请回答

......

稍微上网学了点实用的小技巧，周斯言自己拿手机捣鼓了两下，再拍出来的照片效果已经有了质的飞跃。

邬奈夸他："你好聪明。"

他一个眼神丢给她：用你说？

"那之前你没拍好的那些，全部都再来一遍吧！"

"......"

有的人真的三天不打上房揭瓦。

周斯言想，揍了一顿就好了，可今天她毕业，我再忍忍。

于是，他跟着她在麟大各处瞎跑，又转悠了一圈。

走了老半天，邬奈终于把自己给折腾累了。

"我只拍最后一张了。"她喝了口水，跟周斯言说，"真的。"

她牵着周斯言的手，和他十指相扣。

两人贴近了对准镜头，身后是校园里葱郁成林的水杉，露出一角蔚蓝纯净的天空，麟大图书馆上挂着的大钟仍在走，画面定格在这一刻，记录下这一秒。

"我最想拍的合照还是和你一起。"

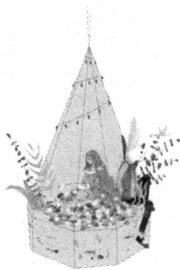

————— 后 记 —————

　　暗恋一个人是什么滋味，很多人大概都懂。那些求而不得的，甚至还未曾表露的，不敢叫人知道的隐晦心思，在很多个夜晚只能自己放在心里反复回味。

　　在某个时刻，你喜欢上一个人，他不知道。

　　在某一天里，你终于放弃了他，他不知道。

　　很多时候暗恋都只是你一个人的事。

　　在这个故事里，幼清疯狂了一次，她选择把自己的婚姻跟暗恋了七年之久的江鹤齐绑在一起，她的爱情前途未卜，充满危机。因为江

江学长，
请回答

鹤齐不爱她。她爱慕他七年，他却对她一无所知，不认识她，没记住她，不知道她的名字。

幼清一直在无望地等待江鹤齐，不知道结果，不知道自己哪一天会放弃，但至少今天还不能放弃。

我在文里写："都在往前走，谁会那么傻，一直站在原地。可她就是一直在等他。因为这世界上只有一个周幼清深爱的江鹤齐，无垠的宇宙里只有一个我深爱的你。"

错过了，就没有你了，这一辈子多可惜。

还好他们在一起了，所有的缺憾都被填满了。他发现她的心事，懂得了她所有隐藏的关于他的秘密。曾经的辜负，也终于找到了栖息地。

如果这样的圆满，不仅限于故事中多好。

现实世界里，希望爱有所依，你爱的人也正好在等待和你相遇。

写这个故事的过程中一直在听的一首歌叫《水星记》，歌词和故事莫名很搭，我常常单曲循环，推荐给你。

靳山

2018 年 10 月